# 靈魂在左手

穹風現代詩集

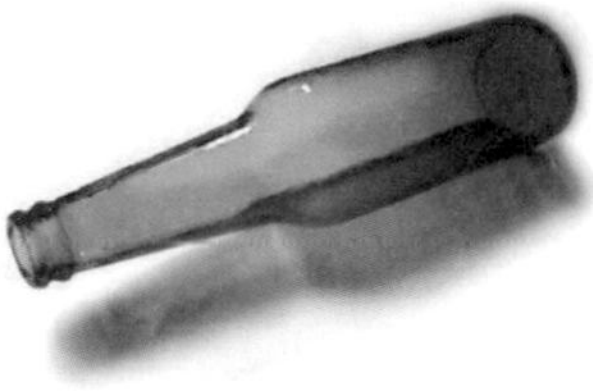

# 目錄

靈魂在左手

穹風現代詩集

## 篇一

### 就以妳這名字作為歸途，好嗎？
### 我眷戀於夢中的女兒家。

# 篇二 吟詠

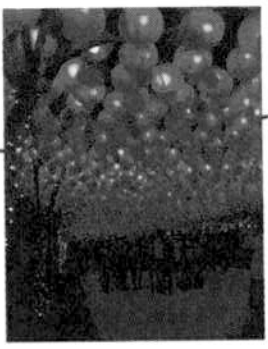

廿四橋風月裡有弦音還撩動，柳葉飄飄吟詠，是不復返那誰的青春時光。

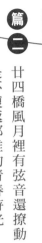

目錄

篇三

我這早凋殘的靈魂或可依舊是信仰對象，
但恐怕毫無應驗。無奈乎，如何？

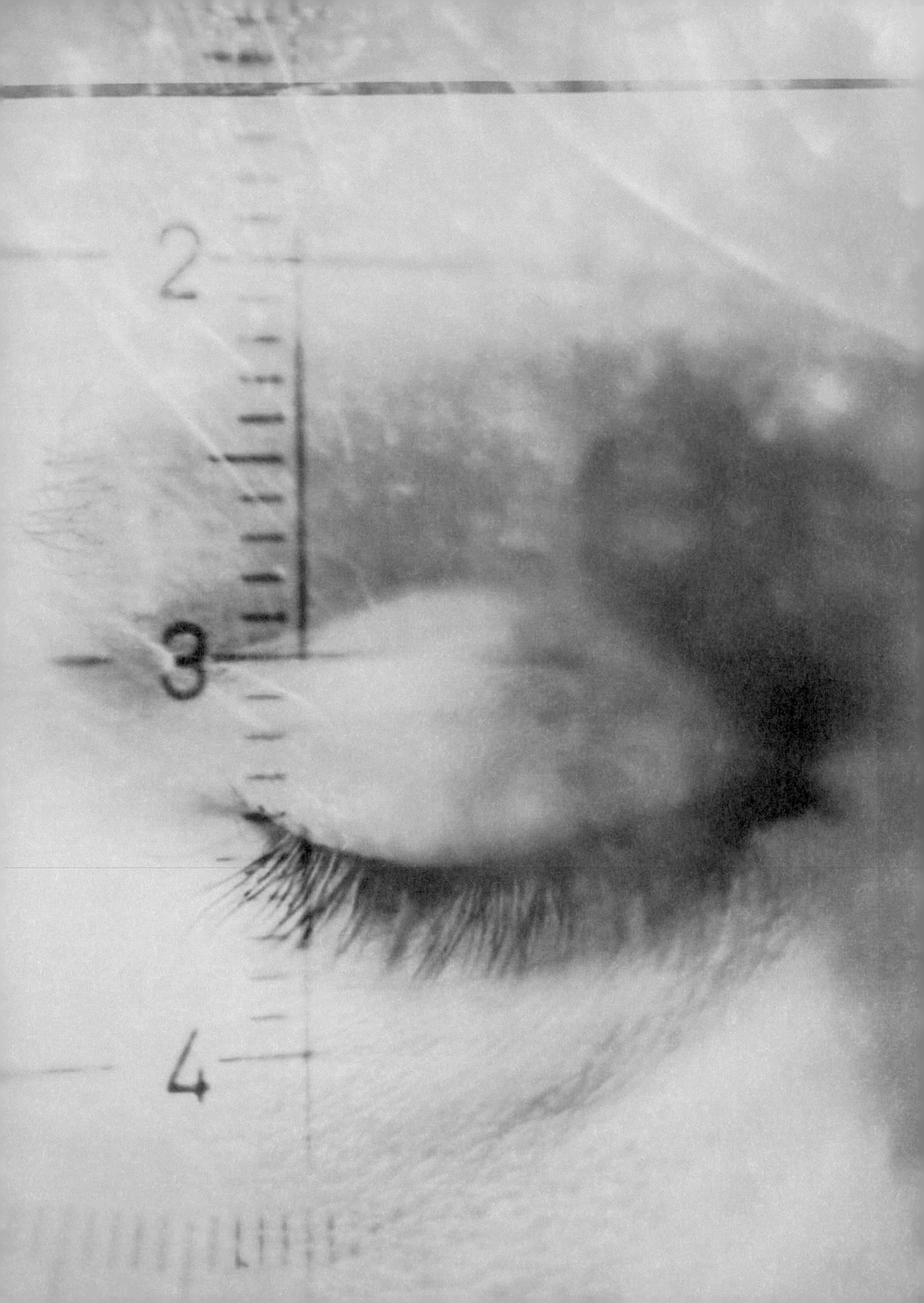
2
3
4

# 靈魂在左手

## 篇一

就以妳這名字作為歸途，好嗎？

我**眷戀**於夢中的女兒家。

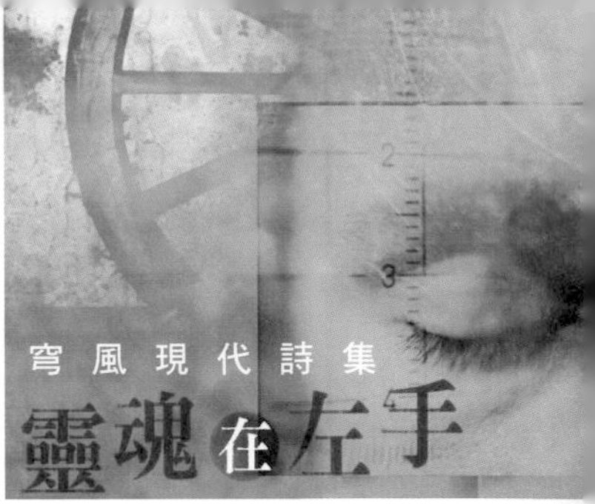


篇一
就以妳這名字作為歸途，好嗎？我眷戀於夢中的女兒家。

# 松田太太家的貓與酒渦

左首廊檐下踅蕩而來是松田太太家虎斑貓綽號賴皮。
薄荷草不見氣息，
牠借走寂寞不還時正逢初春櫻紅。
賴皮又說：那盞茶已滿了褐黃時更唱首歌予我可好？
但雨季初臨，我忙寫故作惆悵的詩，
漾開墨色藏在殘雪下，明年要她輕讀。

別喚醒新芽未萌，這一碟捺還少了顏色，
猜想，是大馬士革玫瑰花瓣般，那肩頸邊皙白脂香。

賴皮嘟著嘴就走了。
四月天空卻有雲朵凝成女孩的酒渦，
的酒渦。

篇一

就以妳這名字作為歸途，好嗎？我眷戀於夢中的女兒家。

# 我在曼徹斯特想你

寫歌的女孩上個星期去了英國，霧濛濛中曼徹斯特。
骨瓷杯裡有伯爵茶香瀰漫時，氣象說台北清晨正雨。
老去古城裡將寄來綿羊圖案明信片寫昨晚白了幾莖青絲，
靛藍筆跡如煙裊裊。
而親愛的你的迴紋針收在第二層抽屜中，左邊那盒。
右邊是我偷偷留下來陪你的眼影。
就走了，一萬英尺高空還有你檸檬草香味沐浴乳氣息。

一點點就好？滷肉飯上的辣椒醬，
一點點就好？百香綠茶裡的糖，
一點點就好？想我。

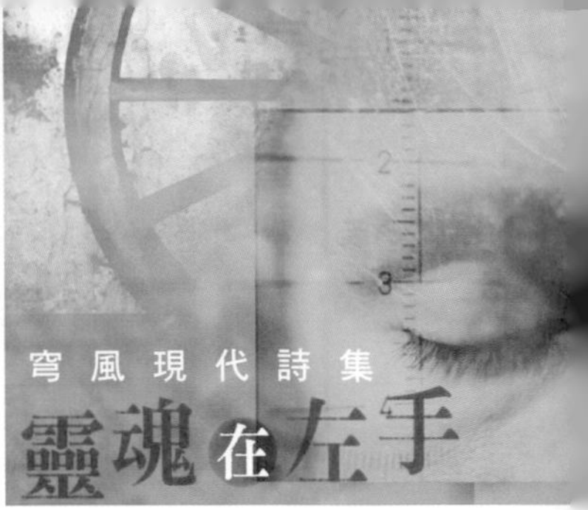


篇一

就以妳這名字作為歸途，好嗎？我眷戀於夢中的女兒家。

# 旅

誰的車禍撞出滿城風雨但卻沒人記得上個月最大一宗新聞，
我拎著酒瓶回家路上有狗黑白褐黃四隻一起搖頭。
千里之外的六點廿二分夕陽正美，我說無國界興許是最糟的缺點，
就像現在，很想妳。

那麼張宇在這裡唱歌便開始情有可原，
養樂多繞過兩千四百公里後口味依舊，
回家前一天我找到無糖綠茶逐漸可窺出某種不可忽略的端倪，
妳記得見面時要用力吻我。

赤道附近無風，蒸乾的鹽田龜裂出昨夜夢裡現身的輪廓，
我拍不出看不見的影子卻嗅著妳衣角帶過的香息。
把那一碗桂花斟給我好嗎？哪怕醒時猶夢中，
我貪戀著闔眼閉眼間的兩難瞬間，
倒是滿了一天彩霞小月。

那麼妳說我這可悲的亡命之徒哪裡去好？
當我抛開了籃縷衣缽後又裝了一皮箱的思念妳。

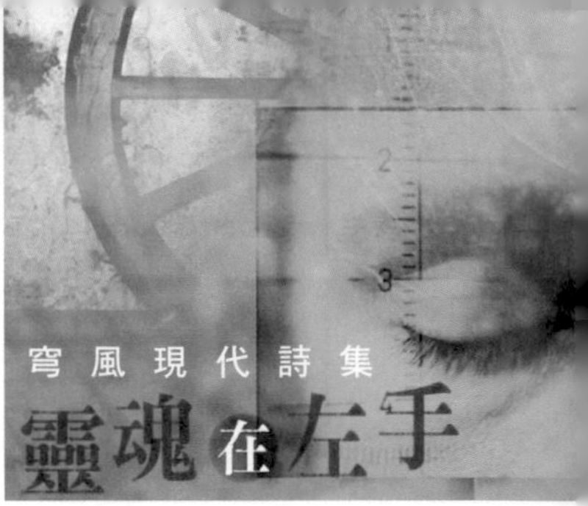


篇一 就以妳這名字作為歸途，好嗎？我眷戀於夢中的女兒家。

# 不寫詩

從來我不是個乖巧的孩子，
任性親吻六月天池子裡的錦鯉後就去旅行。
然後無晴也無雨。
只在萍水相逢時，我們繫著手腕一條細紅絲線，許下無止盡的癡。

從此我有兩百年不寫詩，我有兩百年不寫詩。
九月秋末午後約在低迴長廊小路，妳帶一幅清淚描成的字，
古寺前矮桂花不結果實，輾轉客途，晚風來，
這風箏的線於是收得遲，
而你於是知曉了碧落黃泉外的秘密，我與你，三生石。

都說了我不是乖巧的孩子，都說了我要兩百年不寫詩。
斜風細雨止不住，江頭小渡掛了相思，怎麼寫詩。

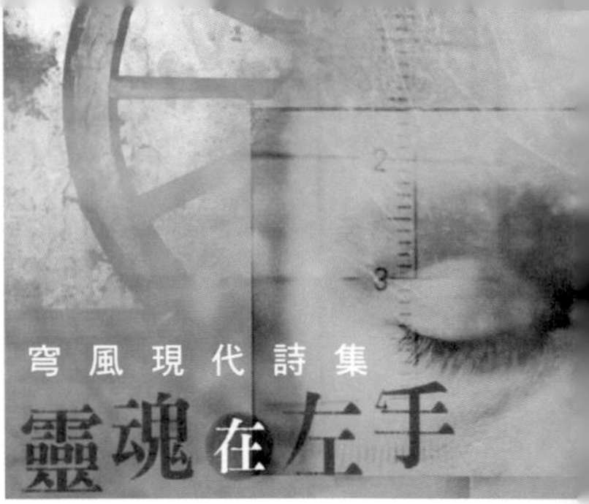


篇一

就以妳這名字作為歸途，好嗎？我眷戀於夢中的女兒家。

# 魔法

那些都是我華麗的心願，
橋就毀斷、樓就崩壞、大雨就淹沒了島嶼。
那些都是我所召喚的，
風的精靈遮蔽空氣、火的使者熔化磚岩、
水的僕從搬運來了北極冰山凍化天地。

那時人們無處可去，看不見彼此，只在魔法凌虐下徬徨惶恐，
鳥就不啼唱囉，花朵就忘了綻放了，雲彩如何絢爛是童話裡才有。
消散吧，世間一切曾有的美好！

再沒足堪期待的明天，再沒值得喜悅的上帝可以祝福禱告。
但我很仔細畫上睫毛，正在細心畫上睫毛。
這樣以後你就只剩我是最美的風景了。

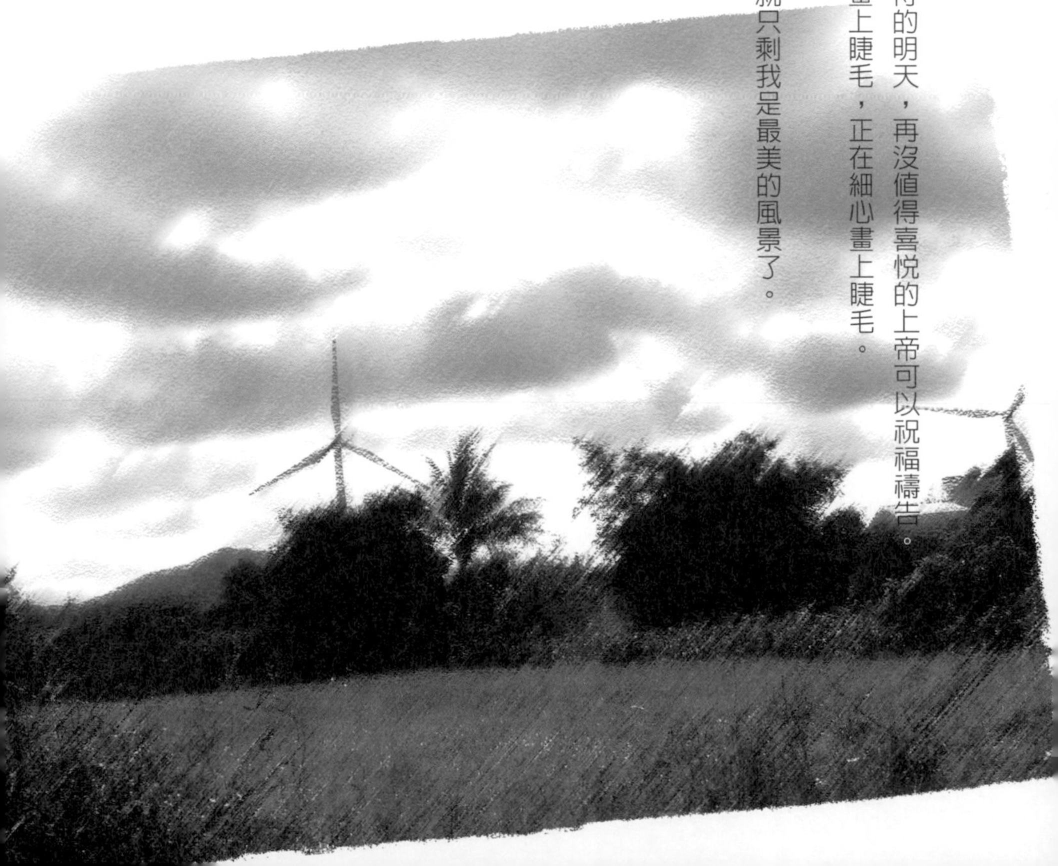

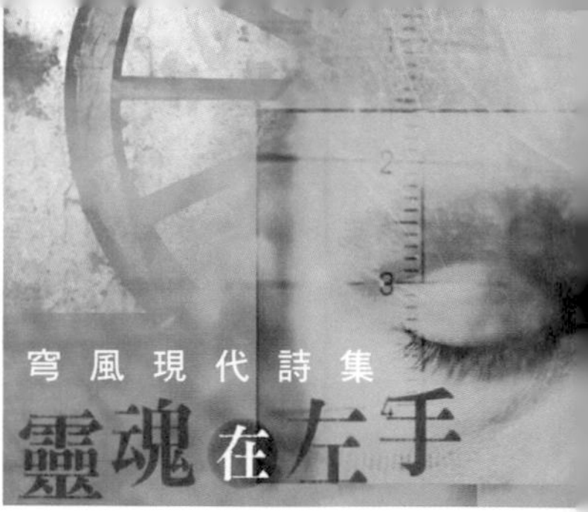

篇一

就以妳這名字作為歸途，好嗎？我眷戀於夢中的女兒家。

# 雨停後

於是我罹患了與妳一般的病症，魂不守舍，寐不成眠。
清香勾勒成裊裊，符噀咒術終究難解圈套頸臆間的枷。
這凡塵早揚棄了神哪，
自孤枕下埋了魘妳魘我那脫出道德後的思念之日起。

註定了該在沸湯裡煎熬，
皮焦肉爛後剩一顆以妳為名的舍利清涼妙藥。
難說，怨只怨水三千而飲一瓢。
或者需得直待又千百年後，老榕篩過了春陽，我才化了石像贖罪。

那便群舞吧，今晚祭壇之火艷艷，盡碎人間呢喃於耳不絕，
我還不起妳剖心瀝血後鮮紅的靈魂，
卻吞下了瞬逝天際流星般幾顆眼淚。

那是此生勾了手指的眷戀不是？
就任隨明月圓缺，再許一個不哭，雨停後的約。

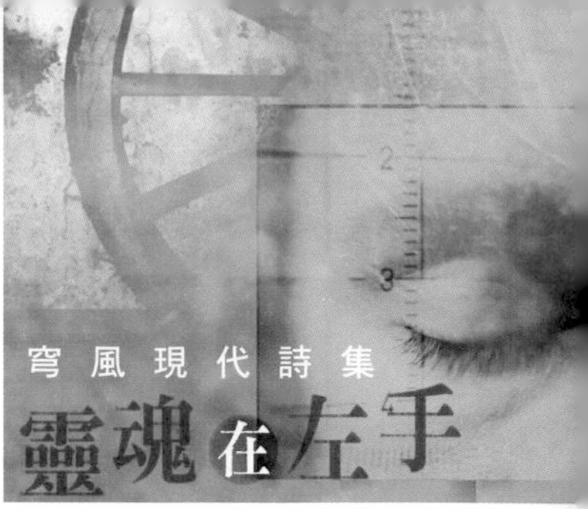


篇一

就以妳這名字作為歸途，好嗎？我眷戀於夢中的女兒家。

# 情詩

而我自私地期望著永無超生，女兒家，
咱千年來捨與不捨間的已非倉頡之故。
我勾不出妳輪廓，又忘了自己如何捺下末了一撇笑容。
戈戟沉重，蹄痕深陷了歲月朦朧。

文曲星芒在寒夜，冷了一晚清風。
不見醉踏青石板路的薄倖，
倒拿了七星潭邊橫紋十字卵石刻一百遍妳的名字，
我寫呀寫呀地就是不寫那當年，
妳該清楚我如何懦弱地連一封魚雁都害怕留下證據。

但這世紀我愛妳，我愛妳，我愛妳，我愛妳。
露骨的話說了像放屁，
不說的還有幾分值得炫耀的道理。

那麼今晚是否就原諒了我又踩夜色而歸？
南山下菊籬邊。
剽竊詩人的話語後，摘一朵嫣紅酒花干懸瀟灑，
我只是怕了黎明後又生華髮，
但銀屏畫樓晚香月，幽魂呀，老的可是我悲哀的輪迴南柯半晌夢？

何不今晚入夢中？興許絲絲細髮還有酒渦濃，
或者纖纖楚腰攬剩葫蘆空？
我吻一個葡萄婉轉後轉身化入胭脂沉沉，
融成妳遙遠笑呀笑地想像靨容。
留一片指甲給我。
別剩氣象局庸俗的九度C，
酷寒的是他們的寒冬。

# 牡羊座

趁著夜最深的時候說妳愛我，快說妳愛我。
我便熄了搖曳的燈，褪去岸然面具，為妳唱一首江南桃花下的情曲。
從末了音符後我們堅信這一晚激情永恆存在，
我已深深擁有過妳，而妳說夜來後會再需要我。

那不怎麼道德的思念埋藏枕下，我想像妳的髮散滿我肩膀，
從而證明人類屬於感性，理智與妳的襯裙同落床緣。
這等言語成了不公開的詩句，卻印證了天堂裡的高潮鄰近地獄，
但我願意而妳願意。

或許生命早晚成了腐朽殘跡，但據聞總有些不隨時間離去，
比方妳掛念我而我思念妳。
比方汗漬在楓紅床單上印出了這女子的名字。
我已藉口忙碌而在陽光下拒絕等妳，卻在睡前發現昨晚愛過妳。

凌晨三點過後天秤失衡，文字間蔓延情慾，
我不做一覺十年的揚州夢，
只是貪戀著妳牡羊座的溫度而已。

篇一 就以妳這名字作為歸途，好嗎？我眷戀於夢中的女兒家。

# 柳

若我今夜捨得了許下一章辭句，那萬里鴻雁帶走的又是誰地孤寂？
羽落呀，倘促著流離輾轉地雪泥殘印，
涅盤後不滅如恆星北斗般深邃，難以觸及才稱得上完美？
因而果報，因而我墮落在難以救贖的地獄中，販酒維生，
兜售一碗倉頡的眼淚。
然則誰了脫了析離難清的因緣？
故又黎明乍顯，貓兒溜躂著，牠一把攫起——
今晚沾黏褲管上隨我回家的惆悵。

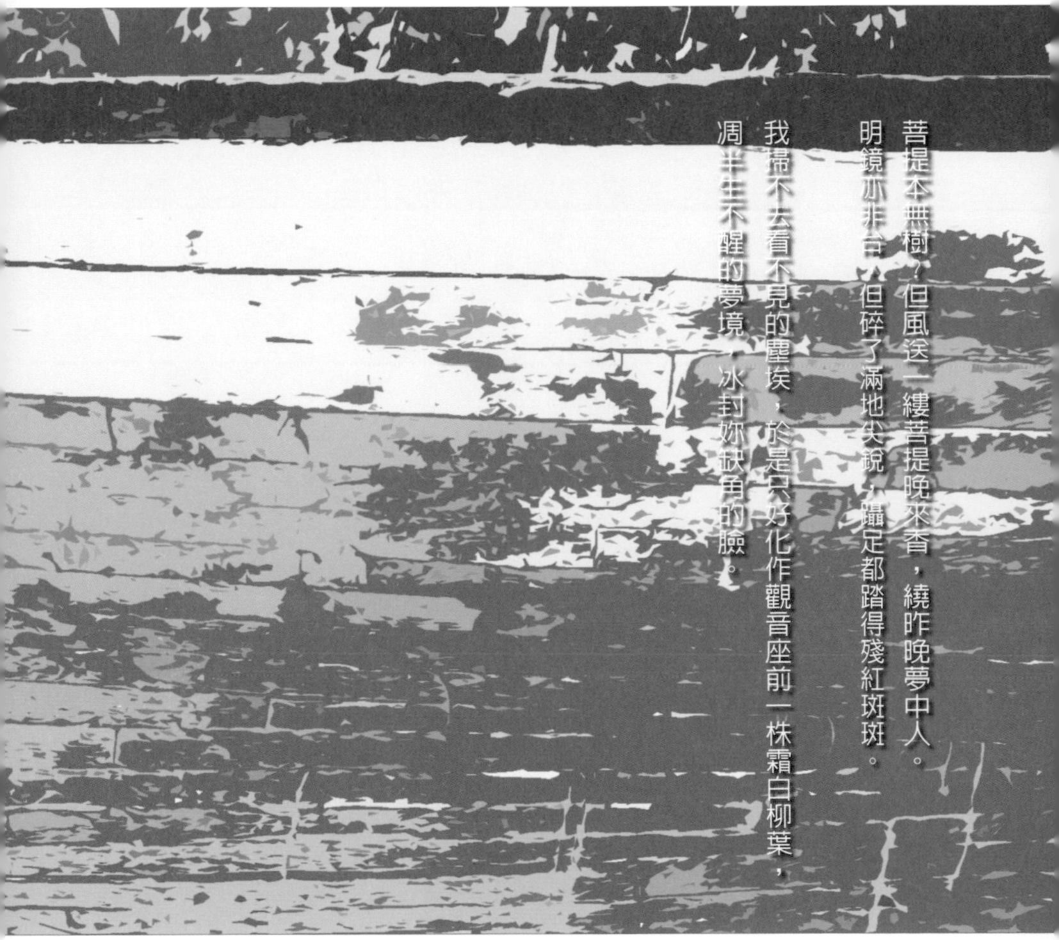

菩提本無樹？但風送一縷菩提晚來香，繞昨晚夢中人。
明鏡亦非台，但碎了滿地尖銳，躡足都踏得殘紅斑斑。
我掃不去看不見的塵埃，於是只好化作觀音座前一株霜白柳葉，
凋半生不醒的夢境，冰封妳缺角的臉。

篇一

就以妳這名字作為歸途，好嗎？我眷戀於夢中的女兒家。

# 華光

筆下龍蛇走，胸中錦繡成，玩味千年前風起雲湧，
卻又惦著誰在誰心裡如影隨形。
掬不起三千弱水的墨客迎風，青樓十年，藏了寂寞在酒葫蘆裡，
怎生是好？

今晚可別煮酒，月還不過中秋，逐葉飄，江自流，
形骸盡放後的夜裡，魂魄忘了歸西，
所以小軒窗裡正梳妝，所以無言後還淚千行，
怎麼安息？

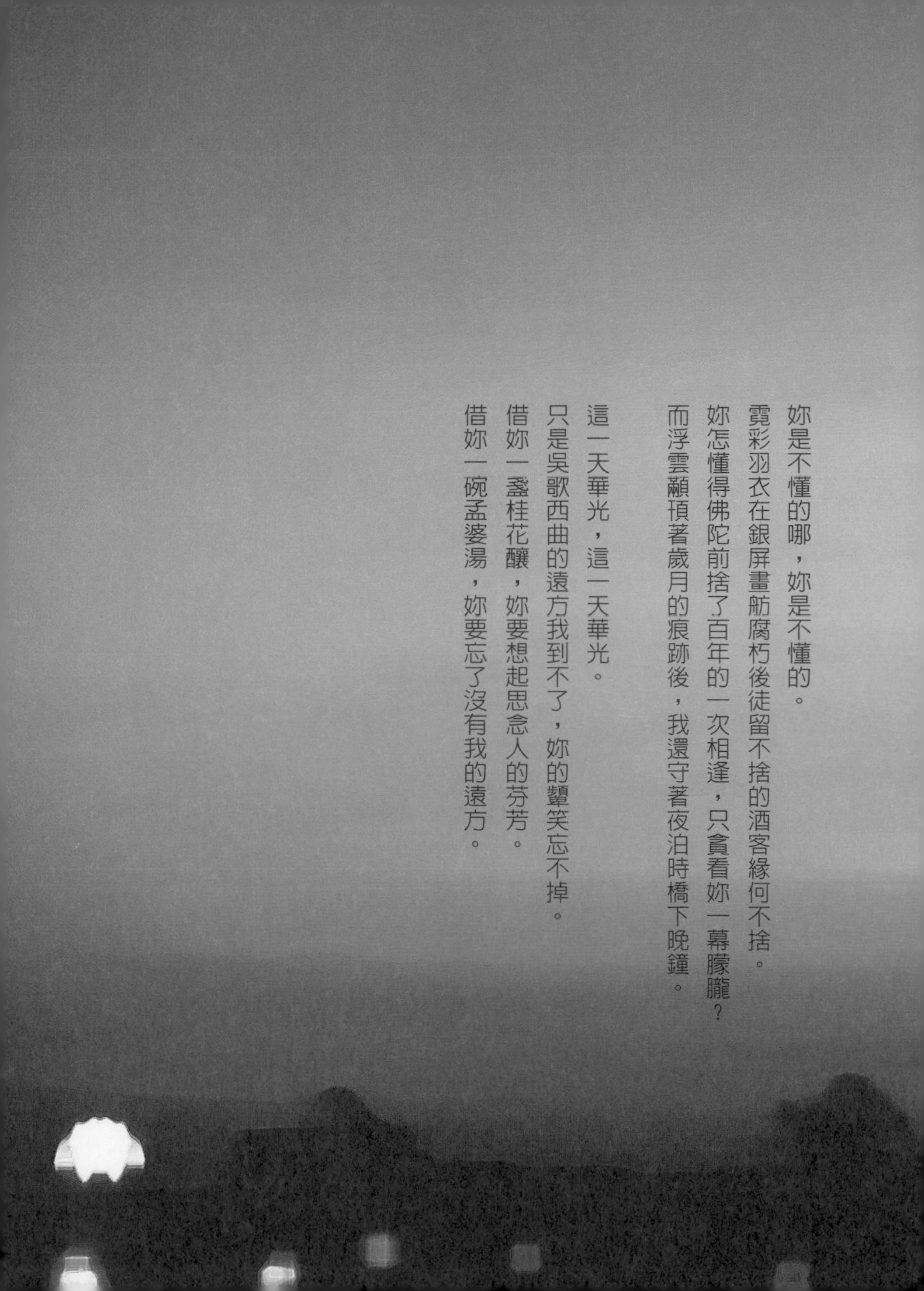

妳是不懂的哪，妳是不懂的。
霓彩羽衣在銀屏畫舫腐朽後徒留不捨的酒客緣何不捨。
妳怎懂得佛陀前捨了百年的一次相逢，只貪看妳一幕朦朧？
而浮雲顳頊著歲月的痕跡後，我還守著夜泊時橋下晚鐘。

這一天華光，這一天華光。
只是吳歌西曲的遠方我到不了，妳的顰笑忘不掉。
借妳一盞桂花釀，妳要想起思念人的芬芳。
借妳一碗孟婆湯，妳要忘了沒有我的遠方。

篇一

就以妳這名字作為歸途，好嗎？我眷戀於夢中的女兒家。

# 妳的名字

顛翻酒壺那夜便起了誓言不寫詩，詛咒月高懸時一夕初春雨，
十年覺醒，揚州夢過時要強抑寂寥，咱掛劍長笑。
大江東去帶走的除了英雄，還有滿滿梨花白。
莫約失眠千年的病症於是有了妳的名字作藥方。

斷落青絲那時便許了念頭不寫詩，迴避雲闔掩時滿樓晚秋雪，
掌中纖細，落拓歸來後要搖曳衣袖，咱把酒高歌。
是非成敗換來的除了扁舟，還有淡淡夕陽紅。
或者飄蕩千年的文字竟爾有了妳的名字作歸途。

我以生死難移的思念作為承諾，堆滿滿一線海藍碎玉映上蒼穹，
不留傳說，只要記得我容顏換改在這煙塵中。
我以愛恨交織的惆悵作為承諾，勾草草一盞硯墨點捺悼祭殘風，
不留傳說，只要別忘我指尖顫動在妳記憶中。

篇一

就以妳這名字作為歸途，好嗎？我眷戀於夢中的女兒家。

# 洛江吟

塵跡絕矣，風刮昨簷滄桑，我將滿殤酹江月，問著妳還記得否？
春去千里外，而不言，而不語，那麼怎教蒹葭散盡風雲中。
妳便要這般想起，這般想起，思念掀漫天風雨。

塵跡絕矣，就絕矣，洛水門外草青青，同恨著不圓的都是夢。
悵來全是太難懂，難懂的隱約還痛。
弦歌雅意間，我傷霧朦朧。

而後妳那邊幾番時辰？朝起也，暮色去，我等一雁消息。
可以的不見可以，容易的太不容易。

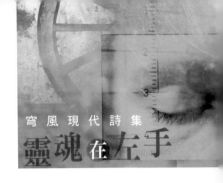

心虛時才情生意動，心空了才免得人不由衷。
無聲無泣也，髮絲又迎長空。
我說塵跡絕便絕耳，今晚入我夢中？

太匆匆，太匆匆。
太匆匆，太匆匆。
古道嫌風瘦，舊城煙雨濃，那牆頭映得誰向晚影又重。
我踏桃花，走半晌胭脂暗紅。

而塵跡絕矣，親愛的，妳道這殘軀怎堪夕夢逢？
我只是懦弱得黎明時竊地想妳。
身無彩鳳雙飛翼，還盼靈犀，一點通。

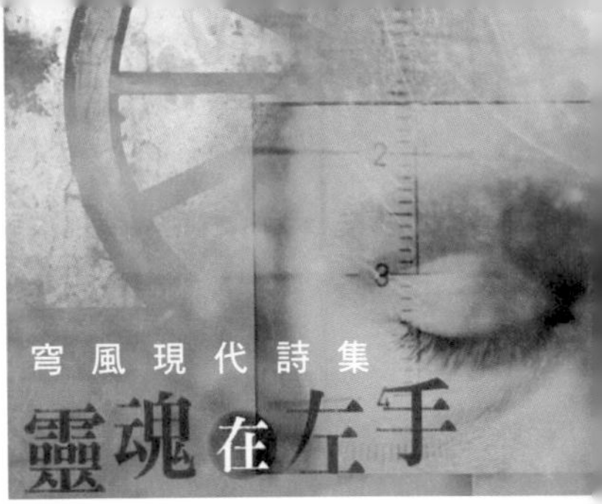




# 戀戀風塵2007

戀戀風塵哪，遮呀掩呀拂不動幔帳的一晚風呀，
我不曾與妳踏過那瀰漫舊日落葉繽紛的鐵道，
卻惆悵於晚霞流光的霓虹。
這麼寂寞的妳的我的靈魂。

李白詩錯過了輕狂時的憂鬱，
又顛落了杜甫鬚下的謹慎，而白居易不配今晚的酒。

那魂牽夢縈輾轉反側著的，只是縷妳滑過我頰邊青絲，
我拈起沒有微笑的花，貓在沉睡，夜在沉睡，雨飄零而人思念。

這一點點，這一點點。
像極了侯孝賢刻意擺放的鏡頭，停在妳凝望我一瞬間。

戀戀風塵哪，若我擺渡著的船便擱淺於妳唇邊的香，
是否今生來世就永恆帶著那吻的滋味睡去？

我倒是想起不曾與妳去過那北海岸邊有靜覷安寧的海潮聲與孤獨的岩石，
深邃了好多年來的茫然。
當不成才氣縱橫的墨客才只好卑微地埋葬驕傲成為一個音符，
我們今晚不唱歌，就聽。

這一點點，這一點點。
像極了丁零雨落之際的寂寥，躊躇著卻敲打妳的窗。
那戀戀風塵般的。那戀戀風塵般的。

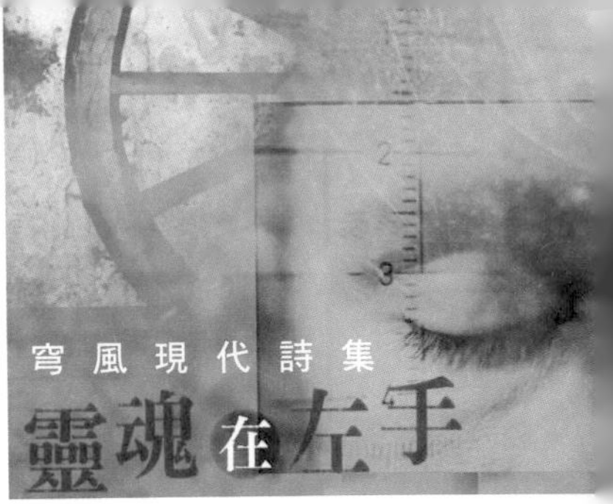


篇一

就以妳這名字作為歸途，好嗎？我眷戀於夢中的女兒家。

# 一舞

那些我們愛的、憎的、相濡以沫而又無限悔恨的哪，
妳穿起百褶裙的模樣真是美極了。
我勾勒遠黛青山，我描述晚杏胡同，我哀悼夏夜晚風。

這或可名之吧，當黎明乍現時還望見紅顏老前的最後回眸，
我們就心照了一尺長的光陰在記憶中。

然後，倏忽，遠走，遠走，愛憎。
多少風流都教商風挾帶了。
但妳眨眼笑起的模樣真是美極了。

今晚在那兒為我最後一舞如何？
當遠黛青山早入畫中。
妳是跛了夢想的薔薇，卻治了一番寥落的紅。
我不沾半滴陳年回憶，卻醉倒昨日晚杏胡同。
愛哪，憎哪，相濡以沫著的夏夜晚風哪。

今晚在那兒為我最後一舞如何？
也許南柯覺來我就啓程，尋那垂髻青青又來生的妳。
在青山，在胡同，在晚風。

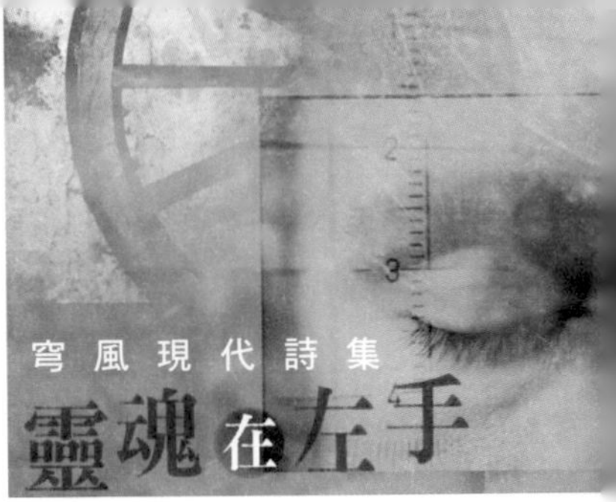




# 我們跳舞吧

用120的速度打八分之一音符。肯定是個E key。
當然頭頂是琉璃般那紅黑色焰火，這虛空，虛空。
輕易就尋找到了高腳杯，又輕易就打碎了高腳杯，
但我只選擇杳落妳用以迷惑我的身影。

最適當的樂器應屬 Gibson 廠復古電吉他。
搭配得當便應該給予一泓長髮。
我還要夢見妳一次。
我還要還要還要還要還要夢見妳夢見妳夢見妳夢夢夢見見見妳妳妳一次。

麻煩來根無味的 Boss 香菸，
我抽吸盡了妳脂粉香氣，方能睡去。
然後悄悄洗去妳的唇印，悄悄忘記，重頭。

廣場中央濺落幾滴紅酒的日子不遠，那是昨天。
Solo 吉他手抖晃肩膀，黑絲裙襬依舊翩翩。
最後一場屬於我們的秀。噓，只有我跟妳。

這麼相逢哪這麼相逢哪這麼相逢哪。這麼別離哪這麼別離哪這麼別離哪。
牢牢記得綿綿密密唉唷般的迷惑唉唷般的迷惑。
我會思考想念或遺忘或眷戀或拒絕，
等明天之後的明天或之後再之後的明天。
只是現在，何不趁現在？我們就跳舞吧，跳舞吧。

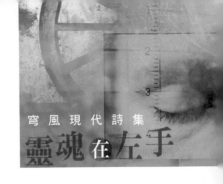

# 紅顏老時

止息的風不能為風，古都蒼茫，洛水迢遙，引渡兩岸飄葉，
寫不成詩的詩。
寂寞年月裡妳問我要了一首老歌，舊曲吟唱孤寂，卻解不開心酸。
我若是妳哪，我若是妳，便在這夜裡漫步去著，沿途遺忘憂傷。
星月淒茫，千里遠處，不說思念也思念。
只好等紅顏老時的一天，我說不死的才算得上是永遠。

無從窺見殿堂廊簷，我們偕著走一趟深夜的便利店，
妳是從不死心的人，我點了一根一根的菸。
過了霓虹也過了繁華如昨，萍水相逢時的擁抱才最是牢記得，

我若是妳哪，我若是妳，便在這紛亂裡笑著活著，
這個吻已足夠，或許寒暑數十後又重頭，只是承諾就不說。

是吧，我憑弔風華時又想起妳來；好嗎，妳遠渡重洋後還記起我來。
約定著不見面的終有一天。
為那一點虛無飄渺的理由，我將不說再見，離別或者便不算離別。

然後，然後，
紅顏老時我就又一次唱這首歌，也許妳聽得見，髮梢又撫過我的臉。
那時我將輕握妳的指尖，問妳是否終於決定，明天。

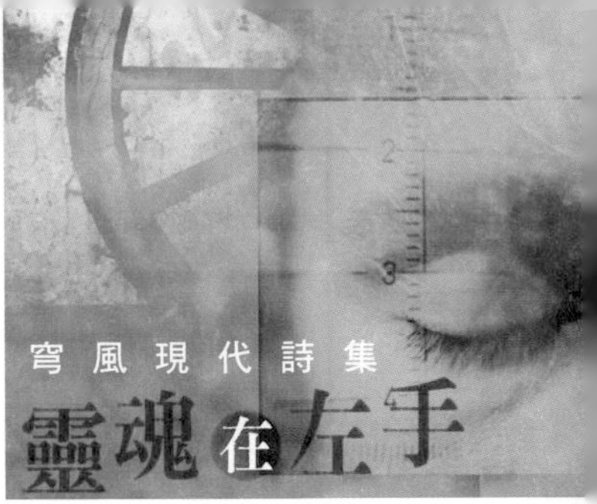


篇一
就以妳這名字作為歸途，好嗎？我眷戀於夢中的女兒家。

# 夢中見

那障蔽著滿天雨呀、霧呀，不都是妳我竊竊私語間顧盼自憐時的悽惶？
都說勞燕去回間啣走了無盡長空昨夜，
我卻說那蒼茫比不過幾杯妳煮的咖啡，
就滴、滴、滴出了嫣紅唇間，半根菸還猶存嫵媚。

而這些許唧唧吱吱的什麼，末了可不都淪為咷然哽咽？
有些記憶復刻不來，惟獨妳捺落一枚指紋在窗前。
林梢，山稜，
誰不循那躊躇的路踽踽而行，卻岔開了星光下曾經痕跡。

今晚且遙奠當年，妳要默念千百回這熟悉的名，
那我便得入妳幽深夢宛中，解無數思念的謎。

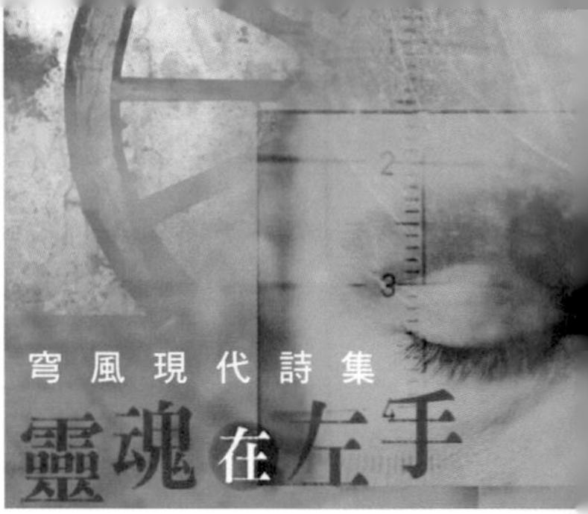


篇一

就以妳這名字作為歸途，好嗎？我眷戀於夢中的女兒家。

# 摘戒

摘下了戒，就摘下了誓言，但摘不下每一個昨天。
昨天，你還唱愛太美。
當由淺而深再深了又淺終將褪去暮色這夜，輕輕呀，吉他聲慢慢。
我還你最渴望的自由，你能還得起我心不殘缺？

摘下了戒，就摘下了高懸心上一抹眷戀，
卻摘不去記憶裡你望我的臉。
記憶裡有落櫻殘紅還點點片片。
誰稱得上不怨不悔？誰不在寂寥洪波中徒徒擱淺？
四季於是輪迴，咱卻落得夢中見。

無心的人便了脫了心力交瘁的罪，你自然依舊是我甜美的曲調，
只是我就摘下了戒，摘下了戒。　別。

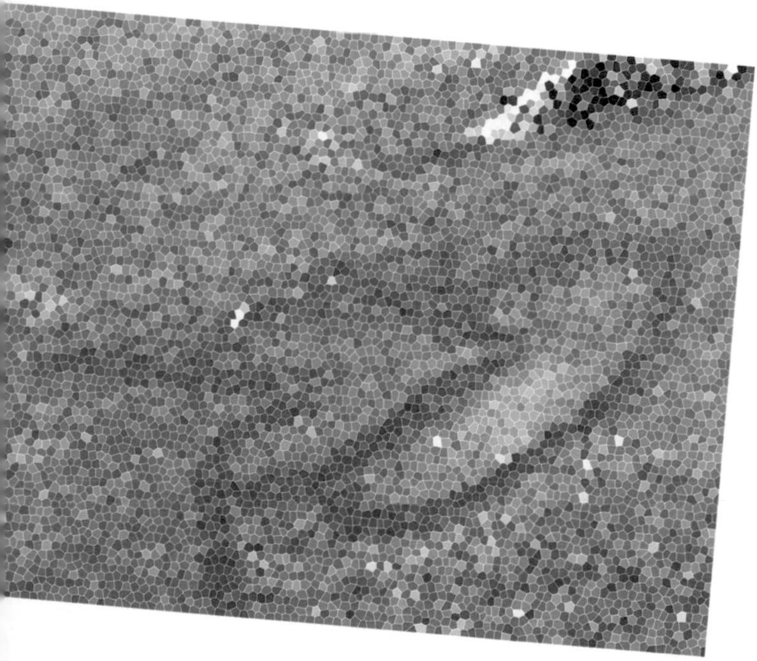

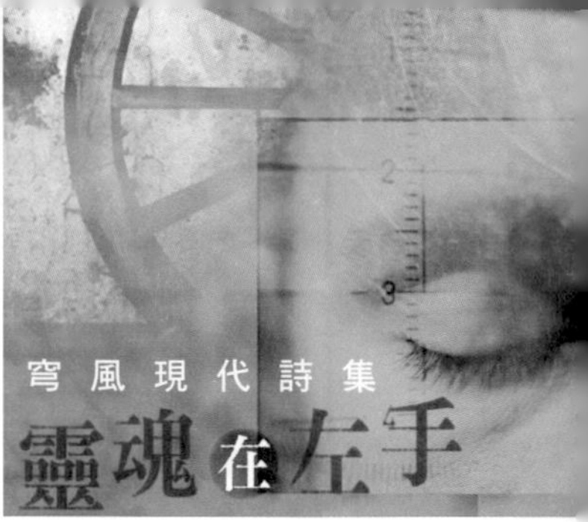




## 夏夜晚風

老圳渠上加蓋前些年，水閘門邊飛舞棗紅色荻蘆，
夏末有蜻蜓盤桓成想像的圖案，我在電線桿下埋一個夢境。
那天妳穿紅白色愛迪達球鞋。

誰的陀螺轉了六十二圈後傾倒，誰的毽子意外越過舊磚牆頭，
雨過天青時便挽高窄袖去摘一隻寂寞地獨角仙吧！
那天妳穿紅白色愛迪達球鞋。

不做音樂的日子裡不停抽菸，不停抽菸的日子裡不斷想念。
我搭不起音符婉轉，卻在睡去後驀然醒來。

夏夜晚風哪，你得這樣聽好，
那年那天，她穿紅白色愛迪達球鞋。
那年那天，她穿紅白色愛迪達球鞋。

不著痕跡的旅程中不想孤單，不想孤單的旅程中不斷飄散。
我歇不了岸邊小站，卻在凝思中晃眼凋殘。
夏夜晚風哪，你得這樣聽好，
那年那天，她穿紅白色愛迪達球鞋。
那年那天，她穿紅白色愛迪達球鞋。

有些什麼總離去得如此簡單，有些什麼總回味得如此太難。

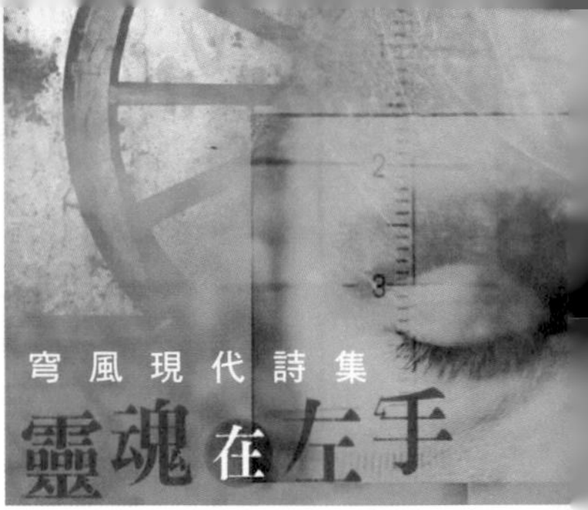





# 把悲傷留給自己

老愛在陳昇的歌聲裡尋找一些只在旅途中出現的陽光。
還有南方澳的清晨，微涼的風，失去溫度的啤酒。
簡單，卻又迴旋不去的分散和弦，似極了縈繞於心的一些什麼。
儘管，早已過了聽歌的年紀，
把悲傷留給自己的年代已遠，最後真的把悲傷留給了自己。

有些知而不能言語的，就全都給了太平洋。
我思念花蓮巷弄中，那走過去的一陣細雨，潤了柏油路面，潤了我的臉，
而憑此生長的惆悵也蔓延過了整個二開頭年紀，
然後才加滿油，輕踩油門，悄悄滑過了一段路，悄悄地把悲傷留給自己。

總有些可以紀念的。比如石頭。
每回都要帶點石頭，滿以為可將思念附鑿石上，刻印昨日，
卻不知石頭有它自己的哀傷，或許也是滿溢出而成沙塵。
否則海邊哪有這麼多沙？
它們都是無力將悲傷留給自己的人，只好給了海岸線。
於是我決定將所有收集的石頭都送給妳，
或許妳會為了沉重的行囊而放棄流浪。
還記得煙雨茫茫的九號省道上，誰在為誰和聲。
我聽不見遙遠的呼喚卻聽見陳昇，
一如生命裡不確定過程卻明白終點在哪裡，所以我們都把悲傷留給自己。

那就又點根菸吧！藉以憑弔不算完成的詩句。
不完美的詩人寫不出完美的詩句，
只好假借孤芳自賞的情緒安慰著可能的可能。
但我依然思念太平洋，依然思念九號省道，依然思念南方澳。
整晚都是這首歌，妳知道的，我說今晚悄悄送妳走出心裡，然後。
把悲傷留給自己。

## 再見，維尼

維尼小熊的左腿給我，腦袋給妳。
剩下的隨愛情一起薨逝。
下巴枕在手臂，我用吧台上空杯悼念妳的紅洋裝，
名為愛戀的酒味揮發空氣中，霓虹是變了色的靈堂。

或而傳來祝禱聲，
呢喃著不可思議的誓言謊言。
又一隻維尼小熊打工廠裡誕生，標籤定下了肢解的宿命。
女郎明早活該宿醉，男士更衣後則決定回家。

賣酒人自己並不喝酒。
上帝也沒說祂打算為小熊的被撕裂而負責。
我們拿什麼去買單？
這年頭酒太昂貴，所以最後犧牲了絨毛玩具。

篇一

就以妳這名字作為歸途，好嗎？我眷戀於夢中的女兒家。

# 我在西陲之地聽戴佩妮

不遠的從前舊曲還悠揚，唱誰住進了誰心裡的防空洞。
那年如此翩翩，木棉盛開，紅了半天，白了半天，長髮迎空，我們倆。
很惆悵的嗓音裡讖言了後來的惆悵。

我後來住在城的西陲之地。
每年有掠過我這小村的商涼清風渡入妳曩昔烹煮咖啡的街道。
若再有那麼一天，我只要曼特寧就好。

我後來住在城的西陲之地。

山緣有映照過妳從前側頰的夕暮帶來此後寂寥的層層紫橘柔光。

若再有那麼一天，我只想聽妳哼「街角的祝福」就好。

就假裝看不到也聽不到吧，用四個小節的音符寫我無聲的祝禱。

願來年又翩翩時，木棉依舊盛開，半天裡又紅又白，長髮又迎空。

那麼這轉瞬間有思念，我們就真的什麼都捨得了。

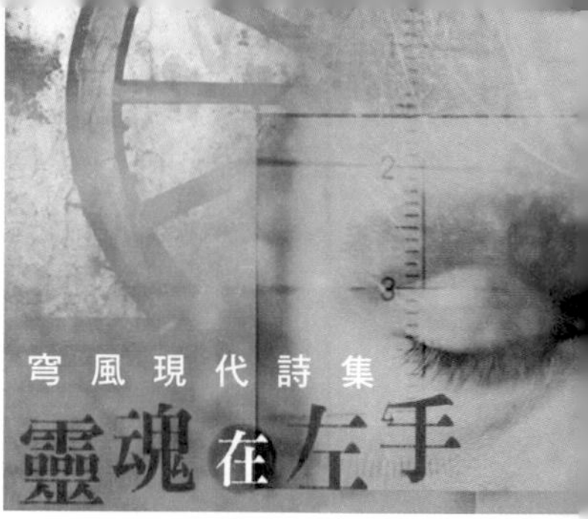


篇一

就以妳這名字作為歸途，好嗎？我眷戀於夢中的女兒家。

# 兩相忘

撩亂紛飛，寂寞正歌唱，劍斷弦崩、風雲過，簫聲聲聲悵。
靜滅餘恨，不雨一彎月，酒退人去、二更前，分寸寸寸折。

我摘一片暮春三月黃花，聽瓣蕊彳亍時沉默的哭泣，
而寒光隱逝，月又如鉤，不醉倒在一罈思念，卻醺然於渺渺煙波。
就走吧，這一回我只聽妳說，聽妳說，
拄劍陽關外，兩相忘。

我不能誅殺妳吻上我唇邊的溫度，正甜正美，
於是吞下一千個謊言，作假為真。

我不能斬截妳挽上我肘腕的柔細，繞指千柔，
於是閉上一雙我的眼，事過境遷。
遊走江邊的墨客，遺失了三尺秋水，只剩盛滿紀念的葫蘆。

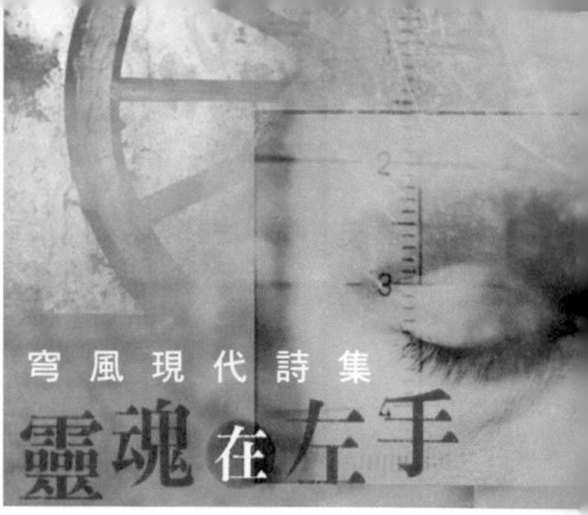


篇一　就以妳這名字作為歸途，好嗎？我眷戀於夢中的女兒家。

## 徐風

然後風徐徐，然後雲緲緲，然後燈火闌珊，我在島嶼最南端睡去。
陌生曲調流盪過陌生街角。
四十六號酒館招牌黯淡，今晚不親吻杜康，卻醉了妳的聲音。
然後風徐徐。

提早到來的結局是一滴飽滿雨水，無足輕重便滌去了煙塵般那點記憶，
我猜打烊後妳不回家是為了我，是為了我，好嗎？就為了我。
然後雲緲緲，然後月隱隱，然後燈火闌珊，妳來到島嶼最南端思念。
且讓風徐徐。

寫詩的男人都不是好男人，寫歌的男人都不是好男人——
說故事的男人都不是好男人。
詩般的愛情都不是好愛情，歌般的愛情都不是好愛情——
像故事的愛情都不是好愛情。

買單後才發現落了一根頭髮在吧台邊，泛著黑色的香，
我轉身之際妳沒望見，是背影。
然後酒館門開了，妳知道島嶼南端這兒空氣裡懸浮思念，
然後髮絲飄向妳想我的方向，而風依舊徐徐。

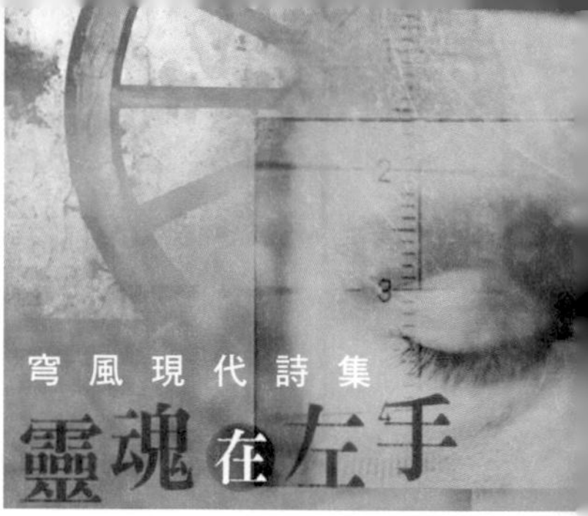




# 缺

不覺得是哪，一百二十公里快的風。吹不走，該吹走的都吹不走。
日移偏西，又弦月。
那年，妳還有一頭長髮的時節。
我們許了個約，卻約成了生命中最大的缺。

不覺得是哪，一百二十公里快的風。吹不走，該吹走的都吹不走。
睜眼闔眼，依舊在。
那天，圈牢了再不捨棄的雕銀。
我們許了個約，卻約成了生命中最大的缺。

我再找不著字眼來寫愛太美。
只在妳生日前的這天，在一路向北那旋律中滿臉是淚。

篇一

就以妳這名字作為歸途，好嗎？我眷戀於夢中的女兒家。

# 都好

我聽起那年島上的歌，想起那年島上的風。
海天一線哪，寂寞車站邊，孤旅異鄉的人。
據說，生命裡總有這麼一回，
你不能預期消散的過往將於何時自何地忿蔓而起。
而我翻箱倒櫃終於扯開記憶謎團，彼時迂環在島嶼上身影清晰，
妳笑靨還年輕。
那大陸世界般地深邃，那花崗岩下的痕跡。

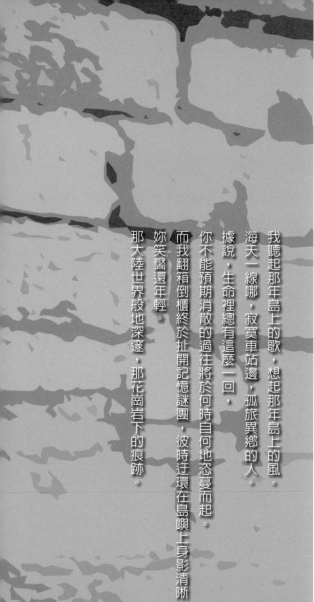

都過去了或者不是？當我們或當我已如此遠離。
烈日還炙著後來的年月，
那時東林小街上咱們走過幾回，那時金城小館中咱們走過幾回，
我沒攀上九州中原的風華，卻烙印妳曾經有過的容顏，
那一時，那一時。

轉眼將盡了兩千個一天，
轉眼櫻白露濕紛飛化散成蒼茫人海中掩沒的陌生。
只在這時我忽地想念，那妳還好嗎？

我既擁有了一切，卻也在擁有一切後更想起一無所有的那當年，
什麼是真而什麼是假，或在真假轇轕後茫然於一夜微醺。
那便是如今華髮的我。
而但願這些年來的妳都好，但願這些年來的妳都好。

篇一

就以妳這名字作為歸途，好嗎？我眷戀於夢中的女兒家。

# 好好的

那麼妳要好好的，好好的，海雨天風後依然好好的。
白雪就融成一篇篇寥落的光陰，千江月上不適合獨醉女子，
而一挽袖，過眼不都是雲煙？

所以妳要好好的，好好的，風雲撩亂後依然好好的。
梅雨已漫成一圈圈迴盪的淚滴，百年身來不過是蒼茫昨夜，
這一場空，回首都成了春風。

所以今晚要好好的，好好的。
任漁陽鞞鼓，喧囂，別散亂了貼鬢那一抹嫣紅。
當風雨如晦，清茫，別遺落了繡紅那一隻錦鞋。

揚州客不攬纖腰卻醉倒了秦月漢關百里煙塵，
又枕著青蒲涼扇上了天。
我在關山外為妳乾了一杯思念後不說思念，
只要妳就好好的，就好好的。

# 不語

疾風不語，黃土高原上無聲悲惶的思殤，
化成沙的眼淚，流了兩千里遠。
妳說別那樣吧！就這樣吧！看月圓月又缺吧！
好嗎？

伴不了青燈，梵音唱寂寥，
一夕謝了櫺前舊黃菊，
十年等了西樓滿華髮。

江山不語，秦淮水巷靜默流淌著寂寞，
化成雨的思念，濕了五更鼓過，
我說請記得哪！記得我哪！任秋去春又來吧！
好嗎？

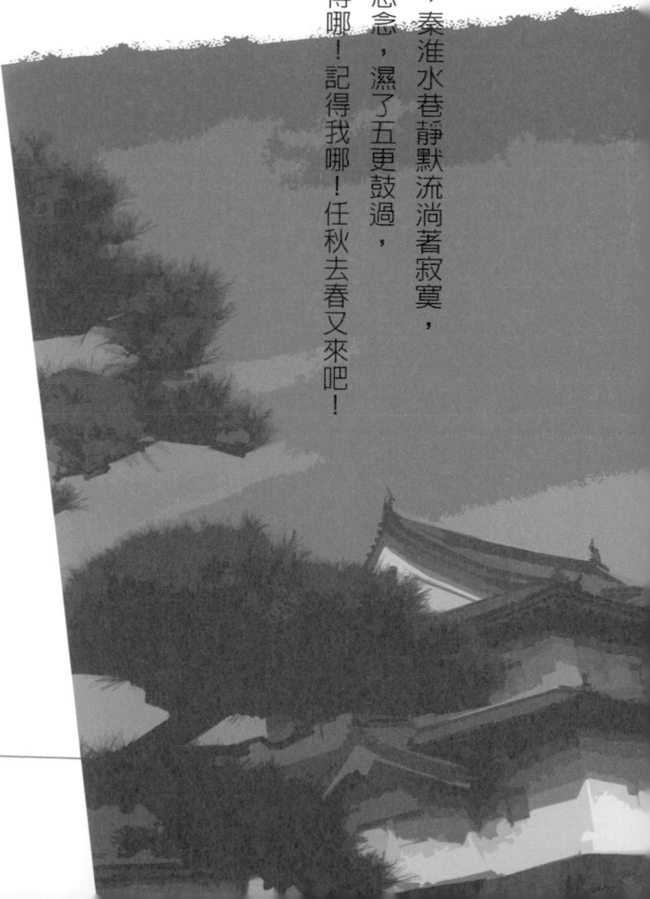

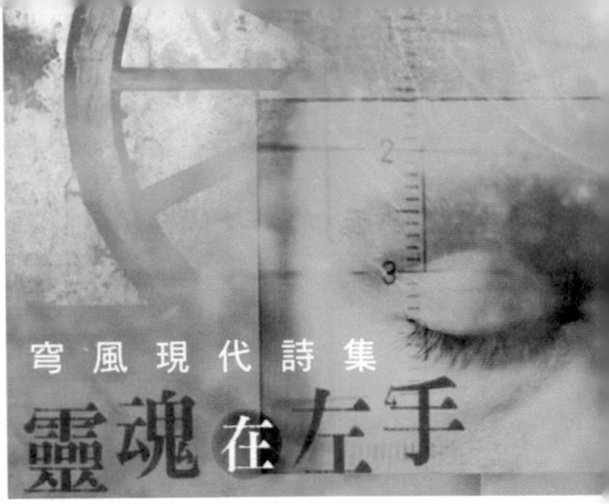




# 莫非了是妳是我

那詩人說釀你我不成我們，那一年也讓四季少了春秋。
紙香墨飛時我酹半盞濁酒，可惜了蕭索成斷弦的水調歌頭，
月晴月又缺，影照花落，小西樓。

那詩人說釀你我不成我們，那一年也讓四季少了春秋。
詞賦滿江時誰訴月琴幽幽，可惜了曲終處不見妳蝶香停休，
風來風又走，盡如虛話，一地愁。

莫非了是妳是我，星消南山，雲煙處，晨曦起時我還執子之手。
莫非了是妳是我，華髮兩生，葬花時，百年過後妳要驀然回首。

我不吻那清淚一滴漂泊，只在歲月裡收藏妳守候過的傳說。

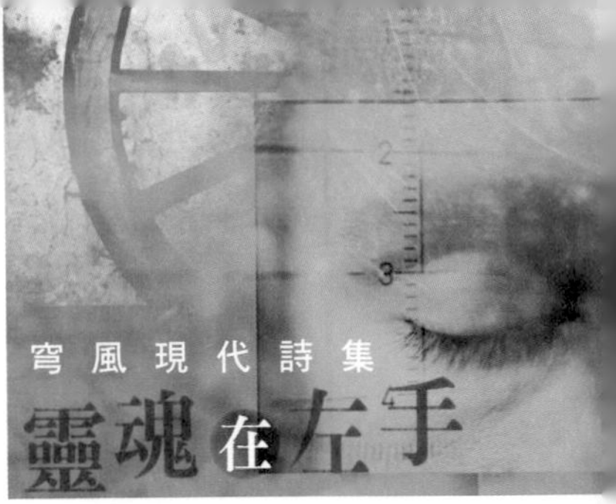




# 我們的約定

我還妳一個約定，為妳購買一張門票。
然而五十元的入場券看不到演滿五年的電影，於是艷陽天不含半絲水汽，
終於才蒸發了所有記憶。

南台灣熱了大半年，像極當年氣氛，我說要去一個不下雨的地方。
古砲台前憑弔著逝去的年代，情侶愫愫，抽菸，我一面擔心他們的未來。
真害怕末了剩下的總是孤單。

知道妳現在很好，很好就好。
那年代的妳我總缺乏一種很好的滋味可供品嚐；

當一切都很好後，卻又發現多了幾條高速公路。
可惜的是路愈多，通往心的方向就愈少，
於是又收到一張超速罰單，怪只怪走得好心急。

我把停車收據塞進遮陽板後，妳在睡夢中囈語招呼，
隨手將稻香村的百綠杯子拋棄，喝空了的杯子就什麼也不是，
妳說，只剩下酸味的空氣那是個什麼味道？
於是我避開拍照的女孩兒們，走過城樓，走過痕跡。
再見了，從此之後。
那個老為別的女子寫詩的男人，終於為妳寫了一段文字，
他說下次睡醒後就要回家，帶著又及肩的長髮，
一個人去旅行。

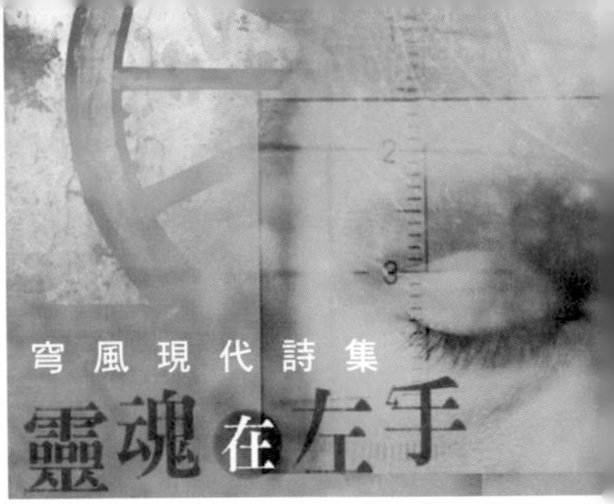




# 流星

往枋山的夜車就要開了，夜雨稀落，在南方。
行囊中裝滿著啤酒瓶蓋，帽簷很低，吉他聲。
紙卡車票只有間隔，不見起訖，倒墨新了遠方的海。
每支酒瓶都喝乾才走人。而貧瘦的狗搖晃月台邊，陳昇唱歌。
於是我寄了一張明信片給自己。
「好嗎？問候大家，代我跟路口轉角的麥當勞叔叔握手，很想他。」

小五那年生了一窩，長裙的女孩依舊，
村裡揚過幾回白幡，雜貨店那老頭兒終於也死了。

長眠著貓的榕樹不知何時就移走了，那貓呢？

我沾了點魚腥味在袖口，沿著堤防走一段，平交道邊抬頭不見星月。

孩子似地就踩了沙灘。

都說男人傻得以為自己並不需要愛，卻哭著哭著就迷了從來的路呀。

所以，

若此刻誰來許我一顆流星，我也就隨著她去了；

若此刻誰真能許我一顆流星，或許我真的就隨她去了。

篇一 就以妳這名字作為歸途，好嗎？我眷戀於夢中的女兒家。

# 告別的年代

把「天荒地老」四個字丟進垃圾桶裡，那麼弦音今晚就依然柔宛。
咱們哪，不言不語地也無聲了幾個寒暑。
世界盃依然是世界盃，奧運邁向下一屆，今晚我只喝水蜜桃烏龍綠，
那年，妳髮梢有相似滋味。

東京無雪，三月不見落櫻繽紛，怯生生妳的我的一縷縷——
這青絲。

風又起的盛夏夜晚，望不見星辰如夢，倒是城裡幽幽誰唱起老調如昨，
那些不經意的隱微間而又少不更事的蒼茫裡，

來呀去呀都成了千古愁後，才不美卻又美了地傳說。
都是一爐香裡，不老容顏中早已告別的年代。

篇一
就以妳這名字作為歸途，好嗎？我眷戀於夢中的女兒家。

# 那年

那飄忽的幾載便倏忽而過，而我畏然於兩鬢又白，
那年，咱沒見著東京最後一場雪，卻乍逢初櫻嫣嫣，染了滿江春愁。
是否這麼說的？老了還攜手又來？
而隅田川依舊沉緩，鐵塔橙紅著半天雨霧，
那麼遠的西元二零零幾年。

都好嗎？當凋零矣如祖母斑垂衰皺的手背那不堪細憶的昨。
藥妝店裡還販賣如此熟悉卻改了名，
好貴一瓶面速力達姆，香香，又苦苦。

我在夢裡又去了一趟觀音寺，籤詩仍繫，這回青苔已蔓過窗櫺。
章魚燒呀，章魚燒，你永遠不明白的是怎地這人世間的離離合合，
南方的島嶼早春，潮來去後，扶桑花就謝了滿地。

我刻不出當年妳那顰笑間難掩一彎彎眉，
嗔怪是雕刀鏽了才映不出曩昔身影，
殊知那年臨別前早入土了一縷悠悠在成田機場冰冷而淡漠的，
地鐵車廂裡。

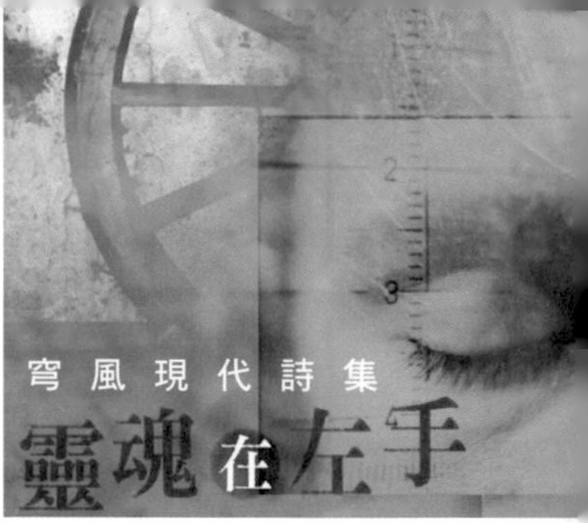


篇一

就以妳這名字作為歸途，好嗎？我眷戀於夢中的女兒家。

# 初戀

我將在海潮聲中沉沉睡去，
遠遠，女伶樂章隱約溫厚，除了風就什麼都暫停。
十八度，微涼。

太平洋彼端如歌行板，吆喝散斷雲霾而不行，
於是這杯羊奶咖啡我們不喝，
涼了好敬這山這海與走失了的小四，去年牠是小五。

別走呀，我唱著別走的四個四拍，
別走呀別走，咱們一道微笑擊掌的年歲，

那時節七里香與九重葛都年輕。
女孩百褶裙輪轉繽紛，
像極浪去浪來間銀花片片蜃夢，
惜，倏而碎滅著輕絲成細紋的臉。

但此刻終是教人叨念哪，
海風揚時某年某月某日而某時，
誰藏了摳開泛黃斑剝後修正液掩飾下的曾經，
我偏了一筆最青澀的初戀。

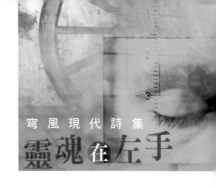

# 孩子氣的小步舞曲

那麼就輕輕地，輕輕地，在耳邊對我說個秘密。
無害如陳綺貞唱小步舞曲。
東岸今日午後，有輕輕地，輕輕地天氣晴。

眉間不見鎖了多年的記憶，那樣就好，那樣就好，
用一首歌的時間輕快呼吸，看段風景。
梧桐樹下結了蜘蛛網上那樣靜止如浮雲如妳。

如此地毫無邏輯，我只想睡在貓的懷裡。
這思念於是不言不語，孩子氣。
隨便是兩個音符中的間隙，
像極了妳在海邊小店買碗清冰的表情。

# 靈魂在左手

## 篇二

廿四橋風月裡有弦音還撩動，柳葉飄飄吟詠，
是不復返那誰的青春時光。

篇二

廿四橋風月裡有弦音還撩動，柳葉飄飄吟詠，是不復返那誰的青春時光。

# 悼曲

咱誰都有了不去的殘念留心，露凝成霜，雨濡濕葉，搖晃曩昔記憶中。
顛簸車廂。
北上，一七四車次，平快。
妳那裡。　我這裡。

二二六淡去了油墨印漬，悽惶著老上海來的風華，
小鎮圮然，孤枕不眠被夢魘交纏，
那籠中待蒸母親提點過小籠包皮怎生桿起／旗袍側面繡金燙紅掩映。
酥硬透了模糊痕跡，郵戳好遠。

可莫要離得太遠了，那邊村裡應有富貴人家。
我捎不過去幽冥晦影間潦然字句寫八千里外黃包車上妳一瞥笑
還彷彿昨天，
只好在還酹江月半杯老酒時，思念泛著透明妳細細耳垂。

篇二

廿四橋風月裡有弦音還撥動，柳葉飄飄吟詠，是不復返那誰的青春時光。

# 春水

春水本無痕。
自是蝶舞林葉間，奈何風起，奈何緣起。奈何天。
一晌貪歡，一晌醉，簫訴天外曲，不在凡塵，不在人間。
又見風飄春秋一頁，怕歷春秋更華髮；
又見雨瀰相思萬縷，怕是相思更惱人。
冬寒，情意闌珊，朦朧間關，愛恨兩相難。
劍難斷，又繞指纏。

春水本無痕。
自是蝶舞林葉間，奈何風起，奈何緣起，奈何眠。
一晌晚涼，一晌虹，爭揚浮沉意，忽焉是後，瞻之又前。
才是睜眼闔眼思念，怕了思念更無邊；
才是朝朝暮暮成恨，怕是空恨夢難圓。
冬寒，歲歲年年，朦朧間關，迎拒兩相難。
劍難斷，空繞指纏。
琴音去矣，月浸四更雨後半弦天。
無言最是千言。
春水自無痕，蝶舞林葉間，胭脂淚未乾，猶惹風憐。

篇二

廿四橋 風月裡有弦 音 還撩動，柳 葉飄 飄 吟詠，是不復 返那誰的青春時光。

## Sogo

鄰家女孩說週年慶是萬惡的，
我幫妻子刷了三千元蕾黛絲內衣換兩百元禮券，
卻買不到一顆水洗式刮鬍刀的電池。
專櫃有其專之所在。

連手扶梯都哭泣，
抱以踐踏的回饋成了寂寞絕唱，抱歉贈品兌換日到昨天截止。
焦躁的男人被禁止在這兒點菸，
但逃生梯不知躲匿何方，發票列印聲惶惶作響。

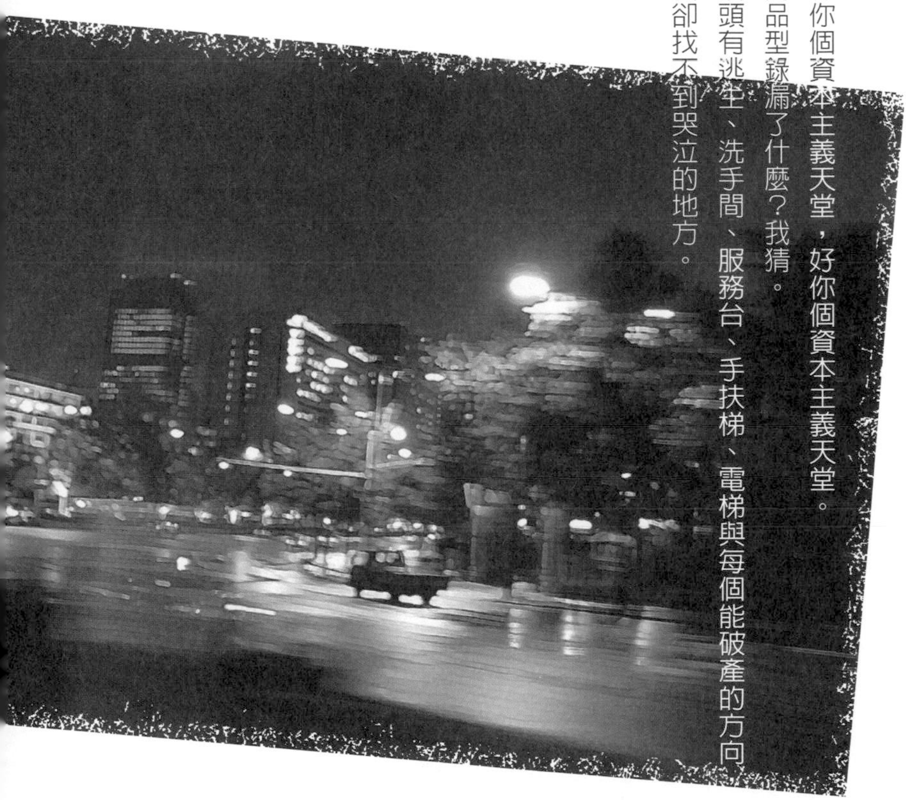

好你個資本主義天堂，好你個資本主義天堂。
商品型錄漏了什麼？我猜。
抬頭有逃生、洗手間、服務台、手扶梯、電梯與每個能破產的方向
我卻找不到哭泣的地方。

篇二

廿四橋風月裡有弦音還撩動，柳葉飄飄吟詠，是不復返那誰的青春時光。

## 外一章

凋零著廿四度時夜漸老去，渴了南島一盞燈下的狗。
興許是，
誰把詩寫得太過意境，才沒了祝福的念頭。
冷氣機悲鳴，嗚咽低訴，思緒轉回北濱那小站前的火車時刻表，
島嶼的宿命是無止盡的輪迴，輪迴似公路邊的寂寞。
我像便利店附設卻疏懶打點的廁所，任隨什麼去了又來。

那誰不是真正孤寂的？
滿了就倒與菸灰缸相近似的青春哪，浮生若夢的驚醒時恰才月上東山，

而香菸已經悄悄漲價。
哪還有誰不是真正孤寂的呀？
狗又捱了一頓揍，但大雨都是上星期的事兒了。

荒城裡聽不見蟬鳴勞什子協奏曲，
如鉤的新月懸著俗人墨客都掛肚的憂愁，
夏天夏天夏天夏天。
這年頭還玩舊把戲，只是皺紋蔓延上了記憶之牆，
我猜，那是你們名為「愛戀」的又外一章。

# 灰

一瓶海尼根換不得一個像樣的故事，
我摘下不點的菸，夜不算深，雨下漣漣。
而人不能像身邊的狗睡得太沉，我搓扁了最後一滴想像空間。
半杯飲料中填滿奇異味覺，一面消化著燒肉飯也一面刷洗浴室地板。
似乎說句思念也太難，不由得令人想起辛曉琪當年的旋律傷悲。
我任由想走的走了、該走的走了，
全都走了之後就空了的天空一片又一片灰。

北極熊打電話來，問稻香村怎麼走。
電風扇前微感寒意的我總有荒謬想寫，卻什麼都寫不出來。

徒留空洞腦海中計算啤酒熱量與肥胖程度的正比關係，
而腳尖與這世界永隔了一次跟斗雲翻躍的距離。
我任由想走的走了、該走的走了，
全都走了之後就空了的天空一片又一片灰。
才知道沒有什麼非得是什麼不可。

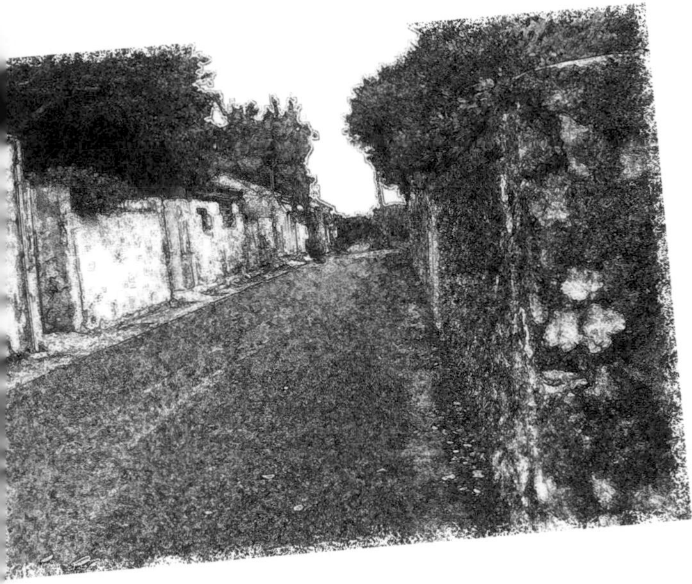

# 漁歌

三千丈，白髮，東風無力送一葉扁舟。
卻翻通江火起，星芒太空，旗幡東樓。
話當年少不得村濁酒，酒香時憶舊遊，
都道是舟來船去飽餘恨，又怪石頭，又怪中秋。
人去也，才想風流。

君不見，古戰場邊老渡口，戈戟消換垂楊柳。
君不見，天水關前烏鵲走，玲瓏晚來恨白頭。
休話寂寞。
鬃搖前塵去，漁樵棹歌，滿山暮雲稠。

徑隨霧遠，露凝牆左，老墳蒼蒼萬戶侯。
笑說豪華，除死方休，誰見荒邱舊土抔。
敢問將軍戰馬今何在？
鋤耕西山下，故橋堪夜泊。

篇二

廿四橋 風月裡有弦音還撩動，柳葉飄飄吟詠，是不復返那誰的青春時光。

# Desperado

很多年前有個詩人。風扯裂了天上雲岩，讓透出的月光流瀉四方，
而她寫一首纏綿悱惻的詩，紀念一支不回來的，老鐵道邊的空酒瓶。
然後睡去，就做了依舊青春的夢。

很多年後有個旅人。雨淋濕了額前黑髮，讓一臉頰風塵更加惆悵，
而他畫一幅帶著音符的畫，給遠在他方的愛人，在子夜剛過時分。
沒說晚安，他覺得似乎不曾說過晚安。

於是他們都聽同一首歌，Desperado，Desperado，這樣唱著。
逃脫一個囚籠又陷入一個囹圄，無可自拔。

Desperado，Desperado，誰在愛慾之潮蔓延時說了不可摧破的誓言，
卻在滋著綠苔的紅磚牆邊低頭走過。
然後就等一個微弱陽光午后，睜眼閉眼都是寥落詞章。

都怪有誰釀了一壺不成你我的我們，惹得後人斟起都是淚，
聽說時鐘故障在四點四十五分，一場失敗的越獄行動，
只因為曲終人散時才發現瀰漫著思念的空氣是無縫無隙的網。
Desperado，Desperado 哪。

不說晚安的人就睡了，也許寫了問了再多亦不過是明白後的想當然耳。
那麼也許不說也好。
有一幅畫裡畫著這樣的東西：那上頭原來什麼都沒有。
走了，自然就沒有了。
只剩下一點點聲音迴盪，那是首好老的老歌，Desperado，Desperado。

篇二

廿四橋風月裡有弦音還撩動，柳葉飄飄吟詠，是不復返那誰的青春時光。

# 貓尾巴

怎麼貓老愛追逐著自己的尾巴？
十二度冷氣房裡有不安氣氛竄動，風鈴聲搖搖擺擺。
窗外的風就歇了，不懂事的人還在思念自己的典型，
然後國會議題中止，警察找上門來，
四月雨季如火如荼，但貓就只是追逐著自己的尾巴。

醜小孩說著有道理的道理，秋刀魚為了白馥馥的肚子非常努力，
愛過這個又愛過那個呀男人只愛自己，
傷過這次又傷過那次的女人不斷傷心，

但是懂的人就懂，不懂的還是不懂，
貓，只喜歡追逐著自己的尾巴。

經過一段時間，耳語成了公開秘密，
那個他愛她她愛他或者他恨了她她恨了他的來來去去，
什麼都變得沒有關係。
真與假邏輯般只為相對的意義而存在，
惟有冷氣房裡無聲。
變化對比著不變化，而貓只專心追逐自己的尾巴，
其他的就不放在心上。

# 去一趟昨日黃昏

我去了一趟昨日黃昏，有錦繡如茵草長青青。
華光無力，金黃灑落成消逝前最後一絲美好，
而新月就探頭，迫不及待帶走什麼。

我去了一趟昨日黃昏，最好的都留給最初，
風徐來，小黑狗漫步過街，啣著回憶的骨頭，
如果有那麼一點猶豫，該是下一站將往哪裡。

前前後後，前前後後，什麼來了就什麼又走，
失落的都是美好，美好的全成了詩歌。
於是沒道理地令人心碎又碎。

我去了一趟昨日黃昏，旅途中只喝四分之三杯白開水，
餘下地無能洗去老牆塗鴉，卻洗出告別那天木棉花落盡而滿天白絮。

我不是無心踏入凡間的精靈，
行囊裡不過一顆背對殘美夕陽，懦弱的心。

篇二
廿四橋風月裡有弦音還撩動，柳葉飄飄吟詠，是不復返那誰的青春時光。

# 不悔

吻過了秋水，青芒殞落幾片凋葉，誰的時間就永留昨天。
稚氣不脫，就乾了這杯，生死兩途歸一醉，
浪人懷抱著長劍而不知命運卻緊隨著腳底下的破草鞋，
我說，宮本村的男人從來不悔。

醒過時晚夜，無聲喧嘩一潮起退，誰的寂寞在反覆輪迴。
於是不歸，就了了殘缺，存亡兩事付一線，
過客奔流著歲月而忘懷眼淚卻摻和著蜿蜒下的鮮紅血，
你呢？巖流派的傳人從來不悔。

我們是自負的人哪，都是自負的人哪，於是對決。
我們是自負的人哪，都是自負的人哪，於是對決。
刀鋒記載著各自不說的傷悲，長髮就迎空，活著的人才能憔悴。

我們是自負的人哪，都是自負的人哪，於是對決。
我們是自負的人哪，都是自負的人哪，於是對決。
青春渺茫了你我難言的從前，靈魂就翻騰，勝出的人才能憔悴。

宿命之於浪人的傷痕難以抹滅，我舔舐刀口上你沒說出口的感謝。
誰在意的不是誰被誰終結，只有誰不言語的疲憊。
睡吧，武者，好好的睡。
風徐徐，話娓娓，一刀一劍都是平生意，只有你我不悔，只有你我不悔。
笑著，說不悔。

## 思鄉

豪氣萬千地離去前，江南炊煙繚繞，槍頭紅纓鮮灑。
你說江山萬里，都在村外，
卻不曉得屏風避雨的麻織衫袖，來自燭下老針。

汗血馬驟馳天山頂端，繩梯盤上了孤城牆頭，冰雪化作浩盪江水，
卻承載不了夢迴時一滴眼淚。
折了槍便換了刀，森光映面中聞得血味，
若是娘親，早為你敷上了創藥。
而此刻夜太黑，劫寨的步卒方才離營，你說卻也不說疲憊。

稻熟，送不到葡萄異域。
十二雙棉鞋列床邊，何時你歸來試過尺寸，咱再改鞋頭鞋尾。
天寒否？天寒否？

蹄聲過盡，殘月斜依，山頭有故鄉不曾見的梟鷹唱鳴。
誰的掩心鏡隨波而去？
一路趕殺而來的伏兵縱橫。

若你回到了江南，到我老家一趟，母親應當為我備妥了冬衣。
若你回到了江南，到我老家一趟，母親應當為我備妥了冬衣。

篇二

廿四橋 風月裡有弦音還撥動，柳葉飄飄吟詠，是不復返那誰的青春時光。

# 狂想曲

禮拜五，深夜，洗澡前。
蟑螂夜行於流理台拉門縫間，張狂放肆。
風從紗門外透入，帶來漸冬後的感傷，為那肅殺。
內褲丟在樓梯口，手上的茶壺拋擲出去，
內分泌曲線瞬間漲跌，持股人的最怕，懼蟑螂症患者的最怕，
而死神微笑到來。
BB彈十二顆，漏了一顆在地上，哭泣著不能完成存在使命，
瓦斯已飽和，上膛瞬間的「喀」一聲撼動午夜寧靜，
然後瞄準。

若誕生前已預期了生命的終結，那你還來不來？
沒有激迸的火花，劇烈的撞擊聲迴盪廚房，第一槍於焉落空，
兩公分細縫與兩公尺的距離之爭，第一回前者獲勝，蟑螂不動，我不動。
誰的惋惜聲響起？那是寂寞夜晚的嗚咽。

若誕生前已然預期了生命的終結，那你還來不來？
準星與覘孔延長一線到右眼，呼吸停頓於三分之二處，我默禱。
也許下一個被終結的交換，也許我們始終都只是在終結彼此。
誰的肢骸瞬間飛濺！扳機扣下撞針爆出痛楚呻吟。

我是凶手，但死者的面孔已然模糊。

凝僵的空氣解凍，依舊是明晃晃日光燈下的深夜時分。

總有人得安息。

篇二

廿四橋風月裡有弦音還撩動，柳葉飄飄吟詠，是不復返那誰的青春時光。

# 沒落之都

打從緊閉的門扉前走過，階前苔綠，簷下燕巢。
不聞霓裳羽衣曲，難覓當年任俠客。

曩昔妳的光芒燦爛，寂寞只在錦繡斑斕間，嗅來是金縷燭紅。
重樓下，苑閣中，雕欄成砌，宮女如梭。
我艷羨公主的帳羅帷，我嫉妒貴人的袖薰香。
我企慕長醉賦詩的羽扇綸巾。
一片江山華光壯，萬里文風滿地詩。

頹癱城垣邊我們坐臥，白頭共話玄宗。
滾滾大江邊我們駐足，牧童還拾刀槍。
花依舊黃，如昨日萬豔之光。
百年春秋人去後，你把一株蒲公英隨風流放，我唱不出誰的故鄉。
東南西北緣起滅，冰霜雨雪歲悠悠。
古城哪！我哭泣著。

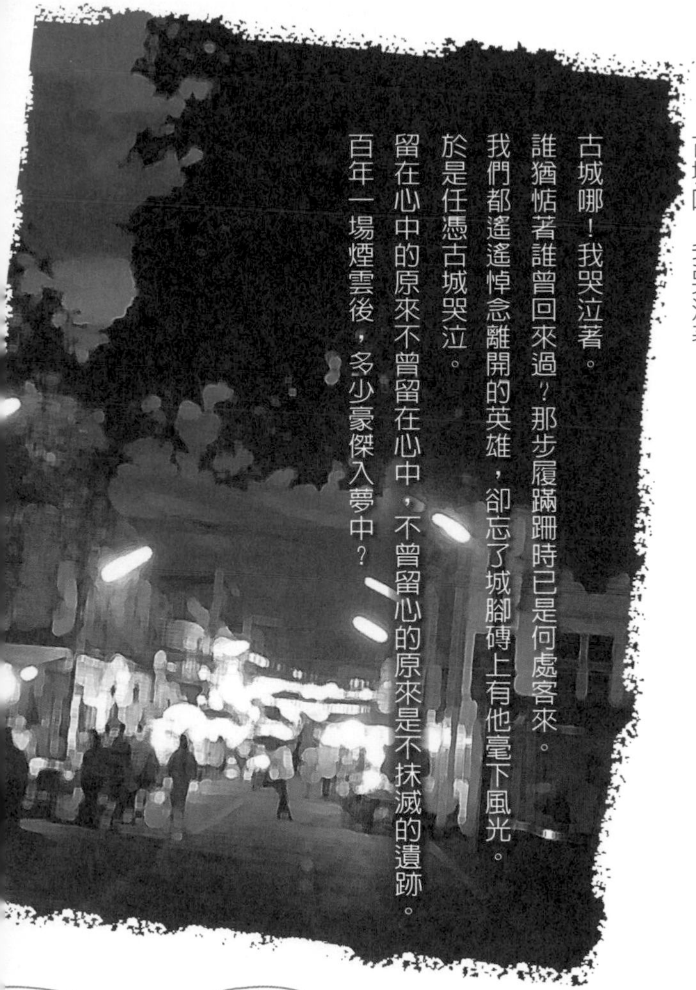

古城哪！我哭泣著。
誰猶惦著誰曾回來過？那步履蹣跚時已是何處客來。
我們都遙遙悼念離開的英雄，卻忘了城腳磚上有他毫下風光。
於是任憑古城哭泣。
留在心中的原來不曾留在心中，不曾留心的原來是不抹滅的遺跡。
百年一場煙雲後，多少豪傑入夢中？

篇二

廿四橋風月裡有弦音還撩動，柳葉飄飄吟詠，是不復返那誰的青春時光。

## 害心疼

荒涼的腦袋在十點卅五分醒來，夢見零式戰機翔滑而過屋簷，
太陽旗炫然奪目。
鮪魚吐司少了洋蔥就失敗一半，紅茶忘了冰鎮，防火巷裡有狗吠貓跡，
電線桿般的存在可有可無這樣的我。
十一點五十八分，不完美的整點之前。

善意笑臉之主人慣性笑著。
健保費用與冷氣的關係，連醫生都害怕登革熱。
錯錯雜談，漫無目的。

十二點零一分，不完美的整點剛過。
什麼都在規矩邊緣游走，失焦了準繩後，害心疼也過一天。

# 我親愛的鍾鎮西

定軍山側有秘書郎幽魂裊裊，武鄉侯先喟然而去。
秉儀揮師猶如昨日，但黃沙白骨轉眼風化，
早些時節先殞落山坳口的夏侯淵還錯以為依舊建安廿四。
我親愛的鍾鎮西，那劍閣關過與不過早無干是非了不是？

早慧青春於京師的你哪，戰戰慄慄的金鑾殿上有汗不敢出，
多謀贊畫於壽春的你哪，兵機詭譎的淮南道頭有凝眸深遠，
彤雲撩亂間又千年，
子午谷塵煙未退，我景仰的鍾鎮西，那時你說亦不失為做劉備。

怎地夕陽紅，怎地夕陽紅，
大纛蒙塵後，你還蹣跚而悲故鄉著，這般矇矓。
怎地夕陽紅，怎地夕陽紅，
玉石俱焚時，你仍惆悵且無知著，鎮西將軍怎奈何晉公？
當時號了房的你哪，張良已隨赤松子去了呵。

我在霜雪未落前先煮了酒，饗你一靈不滅多少春秋，
莫躊躇於那車馬奔馳的昨日，
羽敗鋒零後，哭泣的只剩窮鷗孤燕，城關頭樓。

篇二

廿四橋風月裡有弦音還撩動，柳葉飄飄吟詠，是不復返那誰的青春時光。

## 阿蒙

江浪未息，雲渺重天，戈戟沉消於滔浪不已，又扁舟過，又烽火。
蹄下黃沙，未見天山遠，
卻渡了烏騅與長槍，遠圖志在，長兵縱橫。

荊州城外那北山荒塚哪，此刻尚無安息的我。
兵書廿四卷挽不回頹圮大廈，白衣如煙，
血刃未映前城門已豎江東大纛。
三日矣，哪個阿蒙依舊？

莫要怨喟於聲價之嗟跌，風雲間豈如誰的逆料，
七星壇早荒蕪成片翠竹林，三江口是無學後輩的新戰場。
你說你說，咱磨刀時說好了誓言猶在否？

這回，書生拜將。
神華內斂後才有暗箭難防，清徐風裡血腥藏來，
八十三萬大軍屯了溝壑後，關字旗跟著告別襄陽。
麥城走，五關六將成了傳說，
汝料依舊吳下乎？
我飲一杯吳侯酒，大將軍。

篇二

廿四橋風月裡有弦音還撥動，柳葉飄飄吟詠，是不復返那誰的青春時光。

# 那天在花蓮

南國早春，鶯啼得莫可奈何，時歲輪轉裡天堂遂近了些。
　　抑或陪著誰下地獄也難講。
哪有什麼甘泉滋甜？生命價值如同五十四元一杯生啤酒，前任老闆價。
我說：
　　有詩也無詩，故事留給伍佰，
　看不見夏威夷的彷彿所在，7-11用廣告擺我一道。
那麼花蓮就剩紅油辣麵一點細渣卡纏牙縫間那點味道腥腥如故。
六百公里外陽光炙熱、浪花打濕四角褲、肚子脹氣，
什麼都化成了隔夜檳榔的氣味。

噢，我那無緣的望海民宿！噢，我那回家後才想起的慶修小院！
陳昇說故事的故事總在天明後教人遺忘，
羊奶咖啡哪、壁虎的眼睛哪、女孩的眼睫毛哪！
世界之美者，在於惺忪裡有茫然。

大夢醒覺後意謂著下一個夢的編織就開始了。
當我騎鶴下揚州時，你要備好醉人的晨光。

篇二

廿四橋 風月裡 有弦音 還撩動，柳葉飄飄吟詠，是不復返那誰的青春時光。

# 女兒家

西風送了三千里遠，落英也化作春泥，難得誰在昨夜裡溫了盞酒，
我錯身過去了的女兒家。
咱願不得是今生的眷戀，卻寥落下不成形的芳魂一縷縷，
這回可真的要走了？但我猶且期待著哪年還擁妳入夢中。
是吧，這一横海崖邊竄動的夕暮之光，無緣見著的妳。
或在黛青隱隱的嵐霧中書寫昨日之都裡已入黃昏的繁華，
我藏也藏不住地，藏也藏不住地，而這樣好嗎？
莫要怨懟起父親的懦弱，我只在若無其事間收了一滴淚水。

但依舊是渺茫，但依舊是渺茫。

倘若襁褓裡有怎般無可割捨的思念，

我願那是若干年後仍然深烙的印記。

雲開後總有月明，而妳始終是唯一。

篇二

廿四橋 風月裡有弦音還撩動，柳葉飄飄吟詠，是不復返那誰的青春時光。

# 黃禍

黃禍不遠。
鐵蹄翻飛處，樓蘭已成雲煙。
飲馬川下嘯聚著千古不移的傳說。
帝國收集了城池作為典藏，
驚颺風起，山頭月落；鎗簇纓紅，刀奔寒紫。
咆狂在戈壁更北的狄蘆嘶鳴，
一夜霜冷，冰甲熱腸。

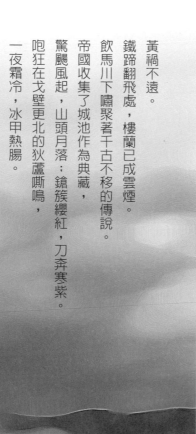

黃禍不遠。

戰鼓摧沙過，大漠又是百年。

白山黑水崛起了豪情萬丈的歷史。

可汗挽放的鋒鏑猶指西海，

經天虹揚，汗血貫岳；功成將在，身死名留。

馳驟在玉門關頭的男兒遠望，

一靈不滅，恆星北斗。

篇二

廿四橋風月裡有弦音還撩動，柳葉飄飄吟詠，是不復返那誰的青春時光。

# 老朋友

夜深矣，好嗎，吾友？
南京初雪之日裡，寂寞航班裡孤獨的紅酒杯可有悵然幾分？
當年，咱對酒當歌，笑說從心之所行，可謂正道。
那些知而不能言語的呢，誰都擦不去而立之年少許澀然，
小喬何在，談笑是這當下了，但三千客與十萬兵尚如天外，
哎呀，黃巢都大丈夫了。
夜深矣，好嗎，吾友？
來歲此際恐怕天涯兩隔後西陲這小鎮上獵獵依舊，

莫走了太遠，
煮不出最暖一盞清澈的茶香，
倒是弦歌雅意間，還有丁零如你我心照的武陵都輕狂，
那麼，晚安。

篇二 廿四橋 風月裡有弦音還撩動，柳葉飄飄吟詠，是不復返那誰的青春時光。

# 上帝的輓歌

在全能的主之前，誰都是撒謊的信徒。
誠摯地祝禱，又卑劣地勾惹邪思。
再以為那不過是下次聖歌樂章奏鳴時足堪告解的內容。
孰不知念錯了阿彌陀佛。

充滿憐憫哪，祂以手支頤地吸菸，呼出的全是嘆息。
上帝口袋裡摸不出神能權杖，老去的光輝黯淡成黃昏黃昏，
但無奈的是雙眼還沒瞎。

所以你們繼續旋轉著偽善的舞步吧！
琉璃窗下透出著眩惑霓虹時別忘了啜口鴆人美酒，好洗去卑鄙的靈魂。
反正一晚獸鳴喧囂後還有明日的晨曙。
「信我者都得永生。」
老人家就閉了眼，吃口燭光晚餐，嚥下的全是蚯蚓。
寬恕不是最被讚頌的美德，但沉默卻是最大的悲傷。

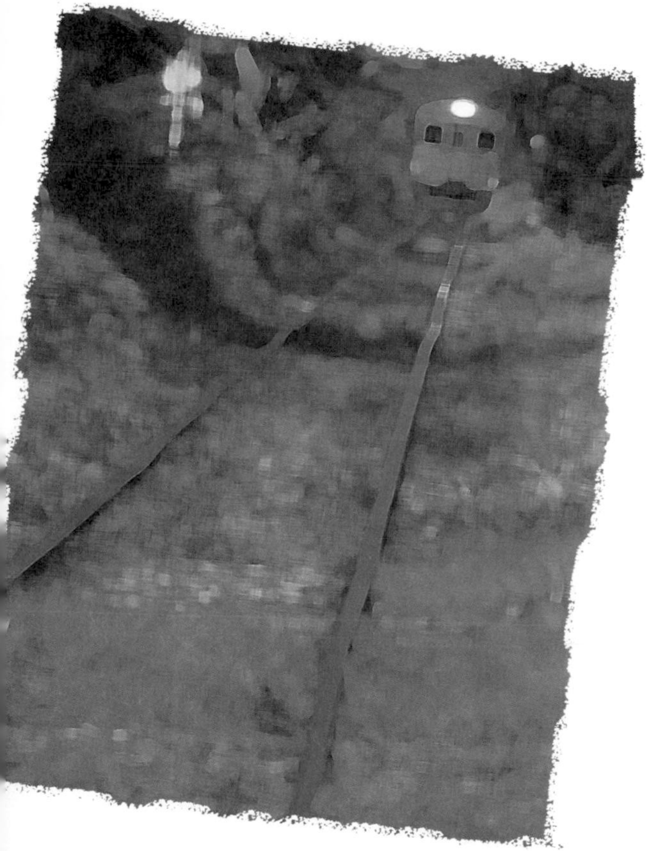

篇二 廿四橋風月裡有弦音還撩動，柳葉飄飄吟詠，是不復返那誰的青春時光。

# 短歌行

日暮途窮的老英雄還握鏽劍，樂嘉城下爭鋒處都換了主角。
往事比較美，誰悼念風光的當年卻渾不知時間是最好的記憶裝修師傅。
那個網路創作優質新生代的傢伙被叫了一聲前輩，
而有個那時期的正妹現在是兩個孩子的媽。
你說人生什麼說得準？
蹄鐵都換了又換，踢雪烏騅換了呼延鈺騎乘，光輝歲月是少有人點的歌。
於是六和塔的武行者搔起癢來，魯提轄坐化後，智深才真的智深。
青山依舊，夕陽又紅，過得去與過不去的最後都過去了，

只是什麼都過去後，
我負了一斤濾過的咖啡渣還得走趟棧道，普陀山仍遠。
嘿，這人生呢。

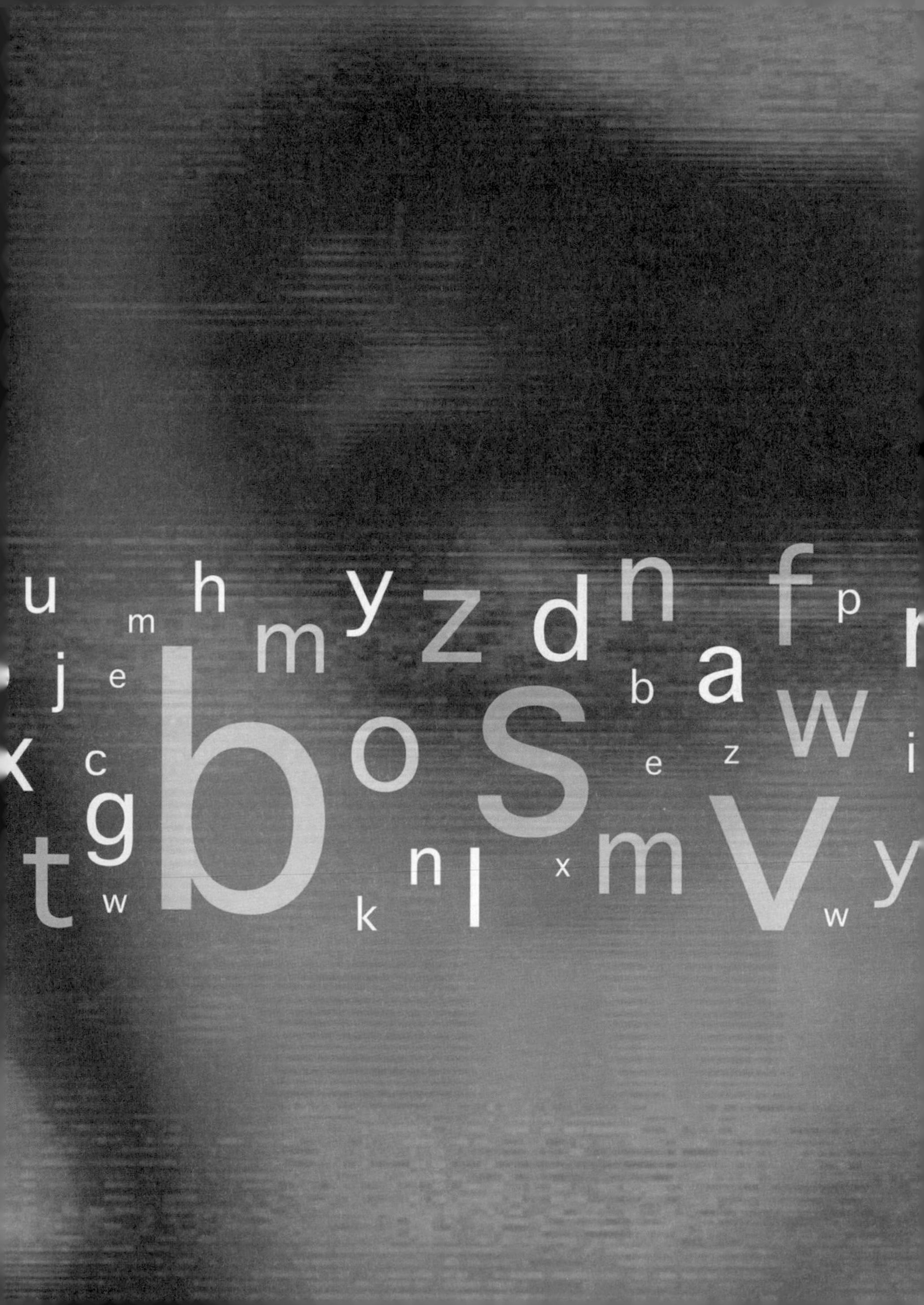

# 靈魂在[illegible]手

## 篇三

我這早凋殘的靈魂或可依舊是**信仰**對象，
但恐怕毫無應驗。無奈乎，如何？

篇三
我這早凋殘的靈魂或可依舊是信仰對象，但恐怕毫無應驗。無奈乎，如何？

# 自寫

昏顛蹟錯腳步而來的興許是我自以為慧靈聰敏的魂魄，醜得不能再醜。
祂自稱為充滿寂寞的神，而神愛世人。
但神沒發現手上三尺秋水已裂出十字紋，猶沾沾自喜；
腰間葫蘆早已空了，填不進早年用詩興釀的酒，
更塞不下一隻金角大王或孫悟空，
祂走在貌似遼闊無垠的天際間，實則住在林冠吟的一〇七號牢房裡。
金身破敗哪，塑像斑駁後不過土木偶人，彌衡說那一文不名。
羽凋妝零哪，堅守最後的傲慢卻突顯了樵農垂髫都不屑的存在。
原來不過孤魂野鬼罷了。

你可別供奉這樣的神祇，祂實現不了你夢寐以求何等願嚮，
自身難保於破落殿堂中，林教頭也路過而已。
赫赫靈威的年代消散於光芒璀璨褪去那當口，沒有餘光還射斗牛，
只剩下狗屁不如的菸蒂丟滿一地，連八家將都散場了。
但我還他媽的相信我可以是真的。

篇三
我這早凋殘的靈魂或可依舊是信仰對象，但恐怕毫無應驗。無奈乎，如何？

## 出走

晴雨霧朦流光般在瞼闔又張的瞬間，印一滴恍然水痕，我瞳孔上。
昨天，去得原來不算遠；明天，耽著即至的太靠近。
人總在當下自以為洩散盡了掌縫間的砂，卻忘了肩背上有山。
出走前這麼的我呀，飛飛飛都飛不出你呀我呀他。

冷落的究竟是彼此或彼此之外的些許存在那價值已不可考，秤斤論兩，
我成了站在擂台外獨自觀看拳賽的人。
明星原來有墜跌的一天，早晚或是否突如其來如總統而已。
出走前這麼的我呀，腸思枯竭著靈魂還沉鬱跌宕。

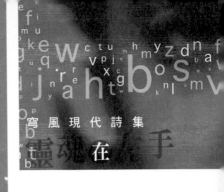

但這你怎麼會懂？怎麼會懂。
難怪說是書生輕議塚中人，才換塚中笑爾書生氣。
我只是淋漓興來卻在揚風揭紙酣暢時，一筆無墨尷尬地漏跳心臟一拍，
你可別以為寂寞就是愛恨的本身，不見山的人才在山中。
但這你如何能懂？如何能懂。
那躊躇三十功名塵與土的折槍斷劍還有幾回八千里路。
我卸不下是你或我或他的承諾思念期待守候便只好走一趟千里之外，
能付諸筆墨的才都不是最真深的，在山中的人已不見山。

# 三十歲

貪圖醉倒於咖啡香氣中的錯覺，然後以尼古丁洗肺。
城外城內的聳動不斷發酵，以致於筆尖舌尖同樣驚恐。
猜想，不來的何只是千年？而靜默的又豈惟獨是昨天？

那披蒙虛無外表的鬼扯浪漫，鋪排不出畫皮或金角大王的傳奇，
倒在手沖時誤差了秒數，閃歪了腿。
這窗大了些，寬了些，
什麼都清楚過了頭。

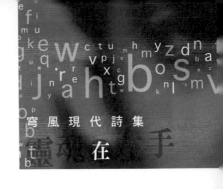

又點一根過期萬寶路，寫一輩子沒完的未完小說。
倘若那是我的三十歲，三十歲哪，三十歲。
那我只是個害怕父親責備，而沒種刺青的小鬼。

# 詩人

成了詩的都留給浪漫的詩人了，
不成詩的遺落街邊有廉價的燙金滾邊販售。
二十八年來抽同一廠牌香菸，肺癌得如此忠誠，
才驚覺不變的能感受卻不能看見，
看得見的都是下一刻躺進別人懷裡的。

成了詩的都留給浪漫的詩人了，
不成詩的還在腦海隙縫間蟄居掙不開蛹束。
懵然在不見夕陽的闌干邊癡癡，原來千古的都是別人的千古，
我掏了五十元給自助餐店老闆娘，前些天她不賣白飯。

那些詩人去了哪裡？
音樂盒停了發條卻沁出了淚，圓舞曲呀，圓舞曲。
水月無風卻蔓延昨日荒唐的華麗。
那些詩人你們去了哪裡？
棉花糖凝了滋味卻藏了寂寞，遊樂園呀，遊樂園。
詩不成詩了才知道愛得深就寫得淺。
你猜今晚能不能眠？詩人。
你猜今晚一碗清茶斟上幾分？詩人。

篇三

我這早凋殘的靈魂或可依舊是信仰對象，但恐怕毫無應驗。無奈乎，如何？

# 初夜

貓走過晨露濕了牆角的安靜巷口，
昨日新聞橫陳。
不撐傘在陰晴天裡，有故障了開關一盞霓虹。
於是還歌舞昇平，還喘息歡愉，
而忘了腐朽的青髭爬滿一臉。
然後醉倒鏡中，朝自己膜拜。
不看見　分　崩　離　析
錯別字可以喬裝替讓的年代。

那便盛滿一咖啡杯的詩家藝術吧？
好對照夜來頑童於天橋下噴漆一幅破敗的陽具。
美好早晨總會到來，漫長蹄印淹沒送鮮奶那老婦手頭搖鈴聲中。
什麼都泥濘並濕滑且稀落著。

更順便在一根香菸裡贖罪吧？為了所謂的不悔。
記得抽張衛生紙指抹閣樓深處、初夜。
原來滿街都是怕寂寞的人。

篇三
我這早凋殘的靈魂 或可依舊是信仰對象，但恐怕毫無應驗。無奈乎，如何？

# 大俠吃瘸那一年

大俠吃瘸的那一年，養樂多變成一瓶六元，機車加個油則剛好八十塊。
又過了一陣子，大俠跑去立法院猛敲桌子，組裝牛肉隆重登場。
聽說新世紀才剛剛開始。

小朋友的成績可以用金錢當獎勵，
三個滿分換三百元的時代，取代了獎狀換故事書的歷史，
難怪小娃兒只認得庫洛魔法使，卻不懂韓愈到底寫些什麼。
大俠在公館賣福州包，有個小子拿五百元給他，不買福州包，
買他店門停車十分鐘。這件事被爛咖小說家寫進故事裡。
鏽劍還能否拔出是個問題。雖然絞肉機已成了更方便的武器。

發了狂的年代裡，堅持徒具意義，有價證券的發展才是被關心的道理。
大俠你別哭泣，大俠你別哭泣。

大俠退隱的那一年，
麥當勞賣得比書還貴，抬頭永遠都是霧濛濛灰色的天。
又過了一陣子，大俠跑去不太遠的台北縣，禽流病毒鑼鼓聲喧。
看來這場難逃得不夠遠。
小朋友的槍法一個比一個更準確，
破台後又換一台的功夫，需要新的螢幕才能看得清楚，
據說新世代都認識湯姆克魯斯，約翰韋恩騎馬的故事則很模糊。
大俠在風裡說喜歡妳，有個女的騎 FZR 嗆他，要嘛比速度，
不想聽他 Say Forever。這些又被爛咖小說家寫成書名。
霉了的心還能否思考是個問題。
雖然太黯淡已經成了很自然的習性。
爛被窩也是種溫馨，仁者無敵這句話當初到底是誰在放屁。
大俠你別哭泣。

篇三

我這早凋殘的靈魂或可依舊是信仰對象，但恐怕毫無應驗。無奈乎，如何？

# 哀悼文學

「文學」在六時二刻結束前從馬桶裡被沖走，雨沒落下，倒是狗吠三聲。
垃圾車剛走，街燈壞了一盞，今天抽了第十七根菸的老人逐漸睡著。

沒人在乎。現代英美文學家能否列舉出五個人。
他們只記得藤井樹與痞子蔡；像樣點的聽過吳淡如。
《孽子》是電視劇，白先勇只好成為少數人談論到的對象。
曹雪芹被誤以為是立法委員。倒楣。

恐懼爬滿餐桌，偶像劇男主角搶了便利店的麵包。
那格局比起當年的劉德華還差一截，寫故事的人愈來愈年輕。

講台上不是小鬼就是老鬼，翻開報紙，哭泣著找不到副刊，
版面刊載「文化人」常去的店，大家只在乎他們去哪裡看電影。

7－11擺書的架子只剩一格，更多地方放了遊戲光碟。
我在諾貝爾文學書籍架前躺下，通俗小說那邊則踩了小女生的腳。
難過地打電話給前任女友，她跟現任情人正要去聽網路小說作家演講。

所以我吃飽飯又走進廁所，確定馬桶裡空無一物。
「嘴裡批評著別人不要臉時，卻正在伸手乞討同情。」
壓下出水鈕，我要確定文學已經被沖走，然後上樓張開雙臂，為她跳舞。

篇三

我這早凋殘的靈魂或可依舊是信仰對象，但恐怕毫無應驗。無奈乎，如何？

# 病塗鴉

生平不懷天下志，一葉扁舟，任隨滿天風雲去。
半盞溫茗，笑迎寒夜遠客來，
任他匣內劍鏽。

滄浪水流霜雪去，清兮濁兮復何如。
范蠡五湖遺跡在，韓信未央恨長留。
病臥東窗，瞑聽南琴，
幾頁春秋，不見坡前舊刀槍，

大夢醒時，千江有水千江月。
公侯非我願，桑榆早逢春。

篇三

我這早凋殘的靈魂或可依舊是信仰對象，但恐怕毫無應驗。無奈乎，如何？

# 詩人的靈魂

鐘鳴響過十三，白燭搖曳。
虛無間幻化著是黑色火把影下前來迎接新人的歡慶——又一次的死亡。
佛唱聲慢慢止歇，極樂漸遠，沉淪成了沉淪的代名詞。
而我敲打鍵盤如木魚之空。

沒有錦屏山倒的隆重，倒有些許撈月的荒唐。
放完焰口後還得承受那些個書生的塚邊庸議，
何其可悲。
頭七時就不回來了，別守候早已朽瞶的魂魄，
那有過半都躺在金角大王的葫蘆裡——

煉化成一滴石油或者對世界尚能丁點助益？總好過誤人子弟。
我懊惱地敲打鍵盤如木魚之空。

夕陽依舊歪斜，輓聯便拆除了。
雙引號裡框架的再沒半點恢弘氣魄，
恰如周星馳最完美的電影最不賣座。

死活都是一種無奈。
你可別拿香禱頌什麼詩歌，木魚裡不住著詩人的靈魂。
你可別嘔血鏤刻什麼墓誌，木魚裡真的不住著詩人的靈魂。
這年頭，陸羽敗給開喜烏龍茶，徐志摩都住進了鑵頭塔。

篇三

我這早凋殘的靈魂或可依舊是信仰對象，但恐怕毫無應驗。無奈乎，如何？

# 我的貪嗔癡

關於往事的說法原來誰都莫衷一是，
畢竟蜷曲紙角的照片本身早已滄海桑田，
庸俗的流行用語說那是泛黃痕跡，
而不喝酒地整晚卻醉倒侯孝賢電影配樂中，寂寞沉痾難起。

陌生的老僧其法相莊嚴，仙佛未知時冠蓋先雲集——
輕叩吧，那柩前應有弦歌，
我流落台北街頭，尋個禪七蒲團猶不可得，怎麼全家便利店外蟬聲喧喧？
家母得賜佛號名喚慈巧時，我把啤酒罐放回架上，
日光燈映得狼狽無處遮藏。

扶同掛誤著地，誰都擺脫不了轇轕，於是一同沉淪。
菩薩也付了十元健康捐，我則低血糖暈眩於國道客運站前，
那些個什麼，枯藤糾結蔓纏終至缺氧勒斃的都是夢想。

只是堪堪無奈，玫瑰白色水泥漆掩不住油漬垢穢，倒濺了一褲子斑斑。
寅時初交這刻，了無生意時才喝起昨日午後的半糖麥茶。
那些貪嗔癡，都是我的貪嗔癡；那些求不得，都是我的求不得。
而普陀山雲煙依舊，在抵不了的彼岸繼續招搖。
徒剩二弦變奏曲吟哦不絕陳昇的老嬉皮，像嘲弄般，
So So La La 個沒完，沒完。

篇三 我這早凋殘的靈魂或可依舊是信仰對象，但恐怕毫無應驗。無奈乎，如何？

# 舞

舞，地底深邃的世界裡，陽光不是陽光，微風不是微風，
我高唱沒有寂寞歌詞的旋律，然後，舞。

上個世紀結束前的愛戀浮現眼前，世紀交替間的仇恨若隱若現，
只是闔上書本全是荒涼一片，文字書寫真實而又虛偽的春天，
空氣裡冷冷傳來一陣笑聲，我在草屋前的廣場上賣力獨舞。

誰是真正的歷史或者誰是歷史？寫傳說的人誤以為自己是傳說，
非陽光的陽光熾熱，草原在厚實的土壤上是什麼模樣？
謊言販賣機用廉價交換一個願景，
公主就不老不死，王子充滿了真摯的愛。

舞，我高唱沒有寂寞歌詞的旋律，揮手撥拍十六個三連音的輕快節奏，
這裡喧嘩而又沉靜，太熱鬧的安靜。
村落後方是瘋狂的炊煙裊裊，我笑呀笑呀笑呀。

沒有所謂的相聚於是沒有所謂的離散，
企圖逃避瘋狂的人最是瘋狂。
我踏著愉悅的舞步前往空虛的市集方向，
或者今晚買一瓶叫作領悟的眼淚回家。

篇三
我這早凋殘的靈魂或可依舊是信仰對象，但恐怕毫無應驗。無奈乎，如何？

# 出國旅行前對未來工作還沒頭緒焦慮症候群

一萬個念頭無中生有，曲曲折折，盤旋迴繞著虛實間的愛恨情仇。
但沒一個中用。
小說家挺悲哀的感覺莫過於此：你寫了你其實不太應該寫的。
小說家最悲哀的感覺莫過於此：
你寫了你不太該寫的而且還得一直寫下去。

凌晨兩點零三分的薰衣草茶無香，贈品再一次證明這個道理。
反正免費的總沒好東西，但偏偏喝不喝都清醒。
我說這年頭胡謅的本事都讓政治人物使了去，
讓文字工作者腦袋空無一縷想像，痕跡。

那哭泣吧，行不行？
寫滿傷春悲秋的閨怨集子每一頁都有至死不渝，不過淨是曾經。
那嘲笑吧，行不行？
除卻巫山後水不是水的誓言總說說就忘，可偏生每一則都動聽，
我該慶幸缺少的只是開場怎麼開得讓人怵目驚心。
至於開場後的問題可以再議。
大抵上這我們稱為「出國旅行前對未來工作還沒頭緒焦慮症候群」。

國家圖書館出版品預行編目資料

靈魂在左手──穹風現代詩集 / 穹風著. ──初版. ──臺北市：商周出版：家庭傳媒城邦分公司發行, 2010.01
面： 公分. －（3/4 文學；22）
ISBN 978-986-6285-14-1（平裝）

851.486 98024526

# 靈魂在左手──穹風現代詩集

作　　者／穹風
企畫選書人／陳思帆、楊如玉
責任編輯／楊如玉

版　　權／翁靜如
行銷業務／賴曉玲、蘇魯屛
總 經 理／彭之琬
發 行 人／何飛鵬
法律顧問／台英國際商務法律事務所　羅明通律師
出　　版／商周出版
台北市 104 民生東路二段 141 號 9 樓
電話：(02) 25007008　傳真：(02) 25007759
Blog ： http://bwp25007008.pixnet.net/blog
E-mail ： bwp.service@cite.com.tw
發　　行／英屬蓋曼群島商家庭傳媒股份有限公司城邦分公司
台北市中山區 104 民生東路二段 141 號 2 樓
書虫客服服務專線：(02) 25007718 、(02) 25007719
服務時間：週一至週五上午 09:30-12:00 ；下午 13:30-17:00
24 小時傳真專線：(02) 25001990 、(02) 25001991
劃撥帳號： 19863813 ；戶名：書虫股份有限公司
讀者服務信箱： service@readingclub.com.tw
城邦讀書花園： www.cite.com.tw
香港發行所／城邦（香港）出版集團有限公司
香港灣仔駱克道 193 號東超商業中心 1 樓
E-mail ： hkcite@biznetvigator.com
電話：(852)25086231　傳真：(852) 25789337
馬新發行所／城邦（馬新）出版集團【Cité (M) Sdn. Bhd. (458372U)】
11, Jalan 30D/146, Desa Tasik, Sungai Besi,
57000 Kuala Lumpur, Malaysia.
電話：(603)90563833　傳真：(603)90562833

封面設計／斐類設計
排　　版／小題大作
印　　刷／鴻霖印刷傳媒股份有限公司
總 經 銷／聯合發行股份有限公司
電話：(02)29178022　傳真：(02)29156275

■ 2010 年 01 月 05 日初版　Printed in Taiwan

定價 250 元



 ISBN 978-986-6285-14-1

商周出版

| 廣　告　回　函 |
| --- |
| 北區郵政管理登記證 |
| 台北廣字第000791號 |
| 郵資已付，免貼郵票 |

104 台北市民生東路二段 141 號 2 樓

**英屬蓋曼群島商家庭傳媒股份有限公司　城邦分公司**

請沿虛線對摺，謝謝！

商周出版

**書號：** BL8022　**書名：** 靈魂在左手──穹風現代詩集　**編碼：**

請於此處用膠水黏貼

商周出版

# 讀者回函卡

謝謝您購買我們出版的書籍！請費心填寫此回函卡，我們將不定期寄上城邦集團最新的出版訊息。

姓名：________________

性別：□男 □女

生日：西元________年________月________日

地址：________________

聯絡電話：________________ 傳真：________________

E-mail：________________

職業：□1.學生 □2.軍公教 □3.服務 □4.金融 □5.製造 □6.資訊
□7.傳播 □8.自由業 □9.農漁牧 □10.家管 □11.退休
□12.其他________________

您從何種方式得知本書消息?

□1.書店□2.網路□3.報紙□4.雜誌□5.廣播 □6.電視 □7.親友推薦
□8.其他________________

您通常以何種方式購書?

□1.書店□2.網路□3.傳真訂購□4.郵局劃撥 □5.其他________

您喜歡閱讀哪些類別的書籍?

□1.財經商業□2.自然科學 □3.歷史□4.法律□5.文學□6.休閒旅遊
□7.小說□8.人物傳記□9.生活、勵志□10.其他________

對我們的建議：

________________

________________

________________

________________

請於此處用膠水黏貼

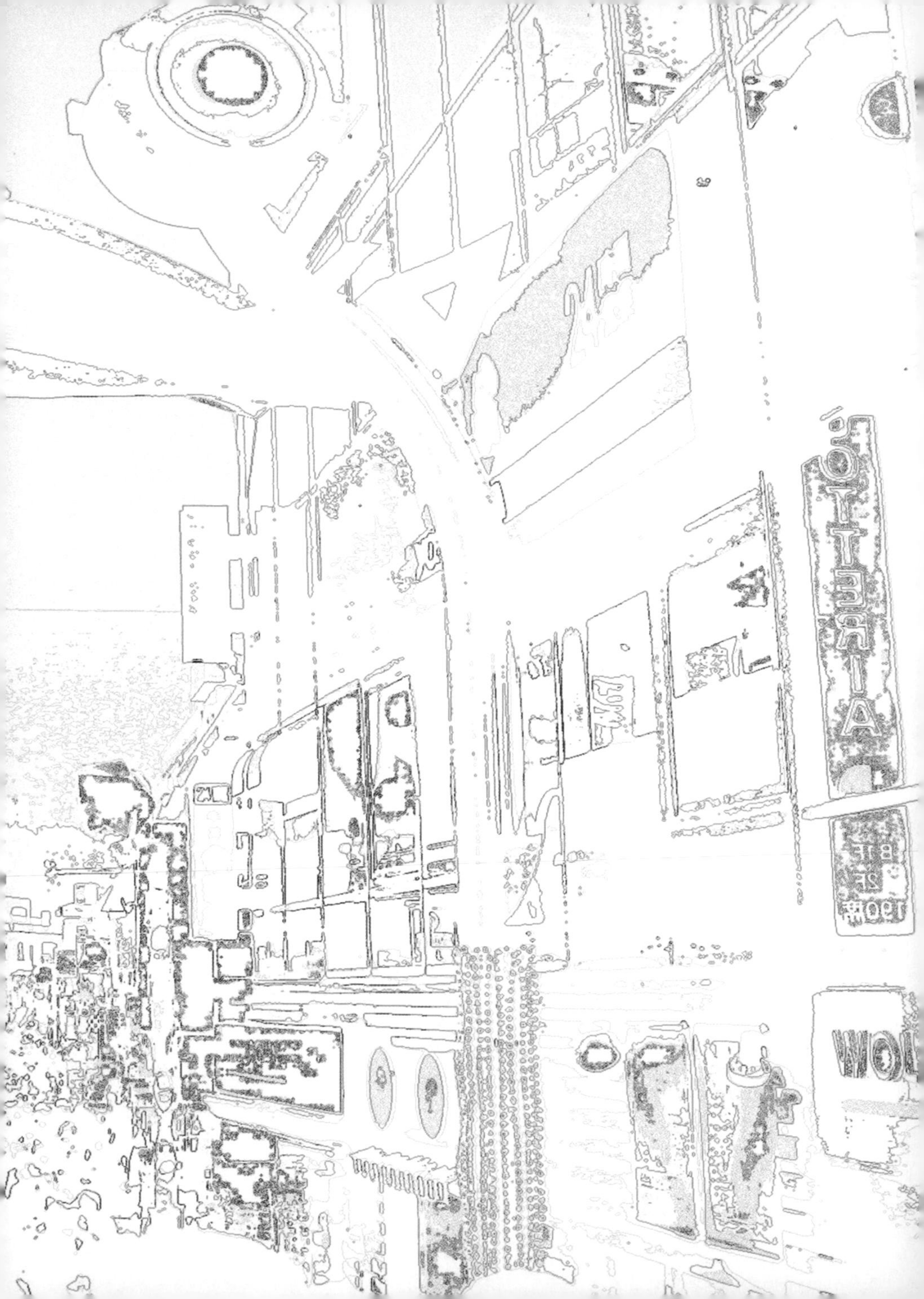

LOTTERIA
ハッピー
ワン